독고진 장편 소설

FUSION FANTASTIC STORY

100마일
100MILE

100마일 10

독고진 장편 소설

초판 1쇄 찍은 날 § 2015년 7월 23일
초판 1쇄 펴낸 날 § 2015년 7월 30일

지은이 § 독고진
펴낸이 § 서경석

편집책임 § 한준만

펴낸곳 § 도서출판 청어람
등록번호 § 제387-1999-000006호
등록일자 § 1999. 5. 31
어람번호 § 제1-2182호

주소 § 경기도 부천시 원미구 부일로 483번길 40 서경B/D 3F (우) 420-822
전화 § 032-656-4452 팩스 § 032-656-4453
http://www.chungeoram.com
E-mail § chungeorambook@daum.net

ISBN 979-11-04-90325-0 04810
ISBN 979-11-04-90145-4 (세트)

독고진 장편 소설
FUSION FANTASTIC STORY

100마일
100MILE

10

도서출판 청어람

100마일
100MILE

CONTENTS

Chapter 1

부우— 웅!

"스윙! 타자 아웃!"

자신의 스윙을 믿지 못하겠다는 듯 이시다 타카시는 두 눈을 부릅뜬 상태로 포수 미트를 바라봤다.

아무리 눈을 크게 뜨고 노려봐도 포수 미트에는 새하얀 야구공이 언제 그랬냐는 듯 얌전한 새색시처럼 들어가 있을 뿐이다.

삼구삼진.

이시다 타카시에게는 굴욕스럽다 못해 치욕스러운 결

과다.

'결국은 던지고 말았네.'

최대한 자제했던 라이징 패스트볼을 이시다 타카시에게 마지막 결정구로 던지고 말았다.

앞 타석에서 승부를 피하냐는 조롱기 가득했던 이시다 타카시의 표정이 자꾸만 머릿속에서 맴돌았기에 나도 모르게 승부욕이 생겨나 버렸다.

한 경기에 여섯 번 정도는 손목에 큰 통증을 유발시키지 않았기에 괜찮았지만, 그렇다 하더라도 최대한 자제해야 하는 건 사실이었기에 남은 이닝 동안 또다시 라이징 패스트볼을 던질 가능성은 그리 크지 않았다.

산뜩 일그러진 표정으로 분하다는 듯 씩씩거리며 더그아웃으로 걸어가는 이시다 타카시의 모습에 나도 모르게 살짝 미소가 지어졌다.

'메이저리그 투수를 얕보지 말라고.'

다음 타석에서도 삼진으로 돌려세우겠다고 생각하며 다음 타자를 상대했다.

원맨쇼.

형수 말처럼 오늘 경기는 아직까진 나 혼자서 북치고, 장구치고 다 해먹고 있었다.

아사노 쇼타의 포크볼에 완전히 농락당하고 있는 LA 다저스 타자들과 다르게 누구도 예상하지 못했던 내가 첫 타석에서 홈런을 치면서 경기의 분위기를 완전히 돌려놨다.

거기에 5회에 들어선 지금까지 단 한 명의 타자도 출루시키지 않고 삼진과 범타 처리를 하고 있었으니 선발 투수로서도 눈부신 활약 중이었다.

성질 급한 일부 LA 다저스 팬들은 벌써부터 퍼펙트라는 문구가 쓰인 피켓을 들고 있기도 했다.

5회 마지막 타자마저 파워 커브에 완벽하게 속아 넘어가면서 삼진을 당하고 말았다.

5이닝까지 던진 공의 개수는 총 58구.

무엇보다 5이닝까지 마친 상황에서 무려 열두 개나 되는 탈삼진을 잡고 있는 중이다.

작년 대회 우승팀인 요미우리 자이언츠를 상대로 압도적인 투구 내용이었다.

호투를 따지자면 홈런을 맞기는 했지만, 아사노 쇼타 역시도 박수를 받을 만했다.

홈런 이후 이닝마다 안타를 맞고 있기는 했지만 아직까지는 추가 실점을 하지 않고 있었고, 무엇보다도 다저스 타자들을 상대로 수준급의 완급 조절 능력을 보여주며 포크볼이라는 가장 치명적인 무기를 여전히 위협적으로 던지고 있었다.

특히 5회 초에 보여줬던 아사노 쇼타의 스트라이크 존 한가운데를 관통하는 포심 패스트볼은 가히 압권이었다.

전광판에 찍힌 구속은 무려 82마일.

엄청나게 느린 포심 패스트볼이었다.

당연히 포크볼을 예상하고 있던 타자들의 허를 찌르기에 충분하다 못해 넘칠 정도였다.

무엇보다 82마일짜리 포심 패스트볼을 결정구로 한가운데로 던질 수 있는 배짱은 과연 현역 투수들 가운데 몇 명이나 될까 싶을 정도로 모두를 놀라게 만들었다.

물론 포크볼이라는 아주 치명적인 무기로 타자들의 시선을 몽땅 빼앗았기에 가능한 일이겠지만, 그렇다 하더라도 대단한 건 대단한 거다.

공을 느리게 던질 수 있다는 건 대단한 일이다.

저절로 공이 느려지는 것과 다르게 95마일의 패스트볼을 던지다가 똑같은 투구폼에서 10마일 이상 느린 패스트볼을 던진다는 건 무척이나 힘든 일이다.

나 역시 최대한 구속은 늦춘다 하더라도 10마일의 구속 차이를 낼 순 없었다.

어쩌면 아사노 쇼타의 진짜 무기는 포크볼로 위장할 수 있는 80마일 수준의 포심 패스트볼일지도 몰랐다.

여기에 스트라이크 존 한가운데에 꽂아 넣을 수 있는 볼 컨트롤과 배짱까지 갖추고 있으니 이만한 투수는 메이저리그에서도 찾기 쉽지 않았다.

따악!

타구가 2루수와 1루수 사이를 꿰뚫고 지나갔다.

아사노 쇼타의 슬라이더를 6회 초, 선두 타자인 코리 시거가 가볍게 밀어쳤다.

선두 타자 출루에도 불구하고 아사노 쇼타의 투구는 변함없이 자신감이 넘쳤고, 그에 반해 4번 타자인 데니스 플린은 힘이 잔뜩 실린 호쾌한 스윙으로 허망하게 다시 한 번 포크볼에 당하며 삼진을 먹고 말았다.

"젠장!"

더그아웃으로 들어오기가 무섭게 데니스 플린이 헬맷을 집어 던지며 욕설을 내뱉었다.

오늘 포크볼에만 두 번씩이나 속아서 두 개의 삼진을 먹은 데니스 플린이다.

스스로 화가 날 상황인 건 이해가 가지만, 대놓고 더그아웃에서 과격한 행동으로 화풀이를 하는 건 다른 동료 선수들에게도 좋은 모습이 아니었다.

게레로 감독도 살짝 눈을 찌푸리는 것으로 데니스 플린의 경솔한 행동을 꾸짖었다.

그러거나 말거나 여전히 씩씩거리는 데니스 플린이었다.

"내가 이번에는 반드시 한 방 치고 만다!"

형수가 대기 타석으로 향하며 주먹을 불끈 쥐었다.

오늘 형수 역시도 두 번 삼진을 당했고, 모두 같은 포크 볼에 속았다.

타석에서는 마이크 트라웃이 아사노 쇼타의 포크볼을 아 예 무시하기로 했는지 철저하게 패스트볼만 노리고 타격에 임했고, 결과적으로 포볼을 얻어내며 1루로 출루했다.

1사 1, 2루의 상황에서 비장한 표정으로 타석에 들어서는 형수.

포크볼을 잘 구사하는 투수를 상대할 때는 확실히 포크 볼을 아예 버리는 편이 나을 수도 있다.

어차피 포크볼로 스트라이크를 잡으러 들어오진 않았기 에 애초부터 포크볼을 머릿속에서 싹 지워 버리고 패스트 볼이나 다른 구종을 노리는 편이 투수와의 승부에서 이길 확률이 높았다.

문제는.

부웅!

초구부터 포크볼을 던지면서 형수의 배트를 유인해 내는 데 성공한 아사노 쇼타의 불규칙적인 투구 패턴이다.

루 상에 주자를 두고도 거리낌 없이 포크볼을 던지는 아 사노 쇼타는 그만큼 자신의 배터리인 고로 산이치의 블로

킹을 믿는다는 소리다. 그리고 지금까지 고로 산이치는 그 믿음대로 단 하나의 포크볼도 빠트리지 않고 있었다.

초구에 포크볼이 날아올 줄은 생각하지도 못하고 무조건 초구만 노렸던 형수는 1구부터 꼬여 버리자 그 속마음을 대놓고 얼굴 전체에 드러냈다.

굉장히 마음에 들지 않는다는 듯 인상을 팍팍 쓰고 있는 형수와 다르게 아사노 쇼타의 표정에는 여유가 철철 넘치고 있었다.

그리고 2구.

바깥쪽으로 빠지는 슬라이더가 날아왔고, 형수는 복잡하고 다급한 심정만큼이나 바닥을 드러낸 인내심으로 인해 엉덩이가 빠지는 추한 꼴로 헛스윙을 하고 말았다.

"저러다 3연속 삼진당하겠네."

어느새 내 옆에 앉은 토렌스가 그렇게 중얼거렸다.

어제 경기에서 앞선 두 경기에서 선발로 출장했던 토렌스였지만, 내가 선발로 등판하는 경기에서는 여전히 형수에게 밀려 벤치 신세를 면하지 못하고 있었다.

"설마 그러겠어요. 바보도 아니⋯⋯."

퍼엉!

"스트라이크! 타자 아웃!"

낮은 코스의 스트라이크 존을 관통한 81마일의 포심 패스트볼에 형수는 꼼짝없이 눈 뜨고 삼진을 먹었다.

　잔뜩 골이 난 얼굴로 더그아웃으로 돌아온 형수는 설마 투 스트라이크 노볼 상황에서 대범하게 스트라이크를 잡기 위해 느린 포심 패스트볼을 던질 줄은 꿈에도 생각하지 못했다며 내게 하소연을 늘어놨다.

　하긴, 내가 생각해도 아사노 쇼타의 투구 패턴은 종잡을 수가 없었다.

　따악!

　형수와 잠깐 잡담을 나누는 사이 깔끔한 타격음이 터졌다.

　미치 네이가 좌중간을 꿰뚫는 2루타를 터뜨렸고, 발 빠른 주자인 마이크 드라웃까지 홈에 들어오며 순식간에 2득점을 올려 버렸다.

　"아… 내가 저렇게 깔끔하게 2루타를 때려줬어야 했는데."

　환호하는 동료들 속에서 홀로 아쉬워하는 형수였다.

　추가 득점 없이 6회 초 LA 다저스의 공격이 종료됐다.

　3점 차이의 리드 속에서 나는 6회 말 요미우리 자이언츠의 공격을 삼진 하나와 땅볼 두 개로 막아내면서 퍼펙트게임에 대한 팬들의 기대치를 더욱더 높여놨다.

　7회 초에는 다시 한 번 타석에 들어섰다.

첫 타석에서 피홈런을 맞았던 아사노 쇼타는 두 번째 타석에서 나에게 삼진을 뺏어냈고, 세 번째 타석에서도 투수 앞 땅볼로 1루가 얼마나 먼 거리에 있는지 확인시켜 주었다.

그렇게 아사노 쇼타는 7이닝을 마치고 더 이상 마운드에 올라오지 않았다.

반면 나는 7회, 8회까지도 요미우리 자이언츠 타자들을 상대로 퍼펙트게임을 이어나갔다.

8회에는 선두 타자로 나온 이시다 타카시를 상대로 다시 한 번 삼진을 잡았는데, 파워 커브에 속아서 헛스윙을 하고 나자 타석에서 그대로 배트를 부러트리는 매너 없는 행동으로 주심에게 경고를 받아야만 했다.

9회 초, LA 다저스는 요미우리 자이언츠의 불펜 투수인 하야시다 유지를 상대로 코리 시거와 마이크 트라웃이 백투백 홈런을 터뜨렸고, 형수 역시도 깨끗한 좌전 안타를 터뜨리며 겨우 체면치레를 할 수 있었다.

5 : 0의 스코어 속에서 9회 말, 마지막 수비를 위해 마운드에 올라섰다.

짝짝짝짝짝짝짝짝짝!

박수가 터져 나왔다.

이제 아웃 카운트를 세 개만 잡으면 퍼펙트게임이다.

오늘 경기에서의 퍼펙트게임은 무척이나 의미가 깊었다.

IBAF 챔피언스 리그의 첫 번째 퍼펙트게임의 주인공이 될 수 있기 때문이다.

역사라고 해봐야 고작 10년, 올해로 11회 차를 맞이하는 짧은 대회였기에 당연히 퍼펙트게임처럼 대기록은 쉽게 나올 수가 없었다.

쉽게 생각하면 메이저리그 투수들의 경우 비메이저리그 구단을 상대로 퍼펙트게임을 할 수도 있지 않았을까 싶지만, 의외로 퍼펙트게임은 물론 노히트 게임조차도 없었다.

그러니 오늘 경기에서 퍼펙트게임을 기록하면 무척이나 의미가 있다 부를 만했다.

마운드에 서서 타석에 들어서는 타자를 바라봤다.

퍼펙트게임을 앞두면 언제나 마음이 들뜬다.

최대한 평정심을 유지하려고 노력했기에 겉으로는 무덤덤해 보이지만, 심장은 굉장히 빠르게 뛰고 머릿속에서도 어떤 구종을 어떤 코스로 던져야 할지 복잡하게 계산하고 있는 상태다.

"후우우우."

가볍게 심호흡을 하고 마지막 이닝 첫 번째 공을 던졌다.

쇄애애애액.

퍼엉!

"스트라이크!"

바깥쪽 낮은 코스를 날카롭게 찌르고 들어가는 포심 패스트볼에 타석에 선 타자는 고개를 절레절레 저으며 날 질려 버린 눈으로 바라봤다.

전광판에 찍힌 구속은 96마일.

한때는 내구성과 체력에 있어 의문을 표했던 메이저리그 관계자들이었지만, 이제는 메이저리그의 모든 투수들 가운데 체력적인 부분에 있어서만큼은 세 손가락 안에 들어갈 정도로 뛰어나다고 인정받고 있는 나였다.

두 번째 공은 역시나 낮은 코스의 스트라이크 존을 관통하는 컷 패스트볼이었고, 타자는 배트를 휘둘러 공을 맞추기는 했지만 타구는 여지없이 파울 라인 밖으로 날아가 버렸다.

하위 타선을 상대로 승부를 질질 끌고 갈 생각이 전혀 없었기에 곧바로 승부구를 던졌다.

타자의 눈에 확 들어오는 높은 코스의 포심 패스트볼.

부웅!

"스윙! 타자 아웃!"

이걸로 남은 아웃 카운트는 두 개.

로진백을 주무르며 천천히 날숨을 뱉어냈다.

따악!

타구가 머리 위로 높이 솟구쳤다.

마운드에 서서 왼손 검지를 하늘로 찌르며 몸을 돌리자 중견수인 던컨 카레라스가 타구의 낙구 지점을 정확하게 예측하고 서 있었다.

턱.

타구가 글러브에 들어가는 순간.

고요했던 다저 스타디움이 열광적인 환호성과 우레와 같은 박수 소리로 뒤덮였다.

"지혁아아아아~!"

포수 마스크와 글러브를 내던지며 형수가 달려와 나를 번쩍 안았다.

"이 멋진 새끼! 넌 정말 최고다! 세계 최고라고!"

형수의 칭찬에 나 역시 녀석에게 수고했다는 말을 해주었다.

모든 동료 선수들과 감독 이하 코치들까지도 마운드로 달려 나와 축하 인사를 건네주었다.

챔피언스 리그에서는 첫 번째 퍼펙트게임이지만, 개인적으로는 벌써 5번째 퍼펙트게임이라 이제는 예전만큼 특별하게 느껴지지가 않았다. 남들이 들으면 재수 없다 할 수 있겠지만……

당연한 말이지만, 오늘 경기는 미국보다는 한국과 일본에 더욱더 이슈를 남겼다.

특히 한국의 경우 일본보다 우월하다는 식의 기사를 엄청나게 쏟아냈고, 인터넷에서도 수많은 사람들이 일본을 조롱하고 비하했다.

일본에서는 한국이 아닌 메이저리그에 졌을 뿐이라고 반박 기사를 내놓았지만, 그런 변명이 통할 리가 없었다.

아니다 다를까, 한국에서는 일본의 저열한 언론 플레이를 더욱더 조롱하며 양국 간의 팽팽한 설전이 쉬지 않고 벌어졌다.

스포츠는 마약만큼이나 사람들을 미치게 만든다고 하더니 그 말이 사실인 모양이다.

어쨌든 그렇게 LA 다저스는 3전 전승으로 챔피언스 리그 32강을 조 1위로 무난하게 통과했다.

*　　　*　　　*

이변은 없었다.

제11회 IBAF 챔피언스 리그는 누구나 예상이 가능했던 팀들이 32강을 무난하게 통과하며 16강에 진입했다.

LA 다저스가 속한 32강 C조에서는 모두의 예상대로 LA

다저스와 요미우리 자이언츠가 1, 2위로 16강에 진출했다.

그리고 6일 16강 그룹 추첨이 이뤄졌다.

LA 다저스는 16강 A그룹에 포함됐다.

16강 A그룹에 속한 구단은 LA 다저스, 디트로이트 타이거스, 후쿠오카 소프트뱅크 호크스, 인디오스 데 관타나모였다.

"32강 전력대로라면 소프트뱅크가 꼴찌에 가장 유력하고, 문제는 인디오스일 것 같은데."

형수가 A그룹의 팀들의 전력을 비교했다.

나 역시 형수와 같은 생각이었다.

16강 그룹 추첨은 말 그대로 복불복이다.

재수기 없으면 메이저리그 구단들이 모두 몰려서 피 튀기는 혈전을 벌일 수도 있고 행운의 여신이 도움을 준다면 메이저리그 구단을 피할 수도 있었지만, 실질적으로 지금까지 16강 그룹 추첨에서 메이저리그 구단끼리 같은 그룹에 속하지 않은 적은 단 한 번도 없었다.

그런 면에서 봤을 때, 디트로이트 타이거스 한 팀만 같은 조에 속해 있다는 건 나름 운이 좋은 편이라고 봐야 했다.

이번 대회 16강 D그룹의 경우 텍사스 레인저스, 워싱턴 내셔널스, 뉴욕 양키스, 세인트루이스 카디널스까지 메이저리그 구단들이 모두 포함되어 죽음의 그룹으로 불리고 있었다.

"아무리 생각해도 인디오스가 우리 그룹 최고의 복병이 될 것 같단 말이야. 지혁이 네 생각도 그렇지?"

"절대 만만하게 볼 수가 없지."

인디오스 데 관타나모는 쿠바의 야구단이다.

쿠바의 경우 정식 프로 리그가 아닌 아마추어 리그였지만, 그 수준은 메이저리그 못지않다고 할 정도로 대단했다. 물론 실제로는 트리플A 수준 정도라 보면 된다.

어쨌든 그런 수준 높은 리그로 인해 쿠바 선수들 또한 실력이 뛰어날 수밖에 없었고, 그런 좋은 실력을 갖춘 쿠바 선수들이 목숨을 걸면서까지 쿠바를 탈출해 가며 메이저리그의 문을 두드렸던 거다.

하지만 2021년부터는 쿠바 선수들도 자유롭게 세계 각지에서 야구를 할 수 있는 환경이 됐다.

다만, 쿠바 선수들의 경우 국가 소속 선수라는 틀 안에 갇혀 타국 리그 진출이 가능했는데, 그 모든 협상을 주도하는 쪽이 바로 쿠바 정부였다.

거기서 발생하는 에이전시 수수료가 엄청났는데, 그 모든 수수료를 영입 구단에서 지불해야만 했다.

여기에 각종 세금 명목으로 선수에게 뜯어가는 돈 역시도 막대해서 실질적으로 쿠바 선수가 타국 리그에 진출을 한다 하더라도 자신의 손에 쥐는 돈은 20퍼센트가 겨우 될 정도였기에 쿠바 야구 선수들은 국가 수출품, 착취의 아이콘이라는 말까지 할 정도였다.

내부 사정이야 어쨌든 쿠바 선수들의 잠재력과 실력만큼은 인정해 줘야 했다.

그리고 그런 잠재력과 실력을 갖춘 괴물 선수 하나가 이번 대회를 통해 두각을 나타내고 있었다.

세르지오 발데즈.

인디오스 데 관타나모의 3루수인 세르지오 발데즈는 이번 대회 최고의 신성이다.

32강 3경기를 통해 타율 0.724과 홈런 2방을 기록하고 있었다.

특히 메이저리그 구단인 세인트루이스 카디널스 전에서 3타수 3안타 1홈런을 터뜨린 건 모든 메이저리그 스카우트들의 집중 관심을 받기에 충분했다.

무엇보다 놀라운 점은.

"쿠바에서는 도대체 뭘 먹기에 야구를 그렇게 잘하냐? 아무리 생각해도 이건 너무하지 않냐? 나이 열여섯에 메이저리그 투수를 상대로 3타수 3안타에 홈런까지 날릴 줄 누가 상상이나 해봤겠어?"

16세.

물론 미국 나이로 16세였기에 한국 나이로는 생일이 지난 18세, 고등학교 2학년인 셈이다.

아주 오랜만에 쿠바산 초특급 유망주가 나왔다며 언론은 신나게 떠들어대고 있었다.

벌써부터 몇몇 구단들은 발 빠르게 세르지오 발데즈의 이적 영입에 뛰어들었다는 소문도 있었다.

쿠바 선수를 이적시키기 위해선 엄청난 추가 자금이 발생했기에 요 몇 년 동안은 쿠바 선수들에 대한 메이저리그 구단들의 영입이 소극적이었다.

금적적인 부분에서 구단의 피해가 너무 컸기에 일부 메이저리그 구단들은 아예 담합까지 해가며 쿠바 선수들에 대한 이적 영입을 불가하고 있었다.

어떻게든 쿠바 정부에 압박을 가하기 위한 방법이었다.

덕분에 작년부터 쿠바 정부에서도 에이전시 수수료 인하에 대한 이야기가 흘러나오고 있기도 했다.

그런 와중에 2025년 드래프트 톱3였던 시몬 산체스를 뛰어넘는 잠재력을 가진 괴물, 세르지오 발데즈가 등장한 거다.

세르지오 발데즈가 16강 경기부터 성적이 곤두박질을 치지 않는 이상 이번 대회 최고의 보물로 우뚝 설 건 자명한 일이었다.

"감독은 뭐라고 그래?"

"뭐가?"

"네 선발 일정 말이야. 디트로이트나 인디오스나 등판 일에는 딱히 관계없잖아."

"아직까지는 별다른 말 없던데."

"그래? 내일 경기 디트로이트랑 인디오스 경기 결과를 지켜보고 선택을 하려나?"

"그럴지도 모르지."

16강 B그룹에는 보스턴 레드삭스와 피츠버그 파이리츠가 속해 있다.

A그룹과 마찬가지로 복병처럼 알라사네스 데 그란마라는 쿠바 구단이 속해 있기는 했지만, 32강 경기에서 보여줬던 경기력은 8강 진출까지는 무리라는 의견이 다수였기에 실질적으로 8강 진출팀은 보스턴 레드삭스와 피츠버그 파이리츠일 가능성이 다분했다.

문제는 과연 어느 팀이 조 1위로 올라가느냐다.

8강 경기는 각 조의 1, 2위가 서로 교차해서 맞붙는다. 때문에 8강 대진표를 생각했을 때에도 LA 다저스 입장에서는 어느 팀과 맞붙는 것이 4강 진출에 도움이 될지 심각하게 고민을 해볼 필요가 있었다.

"어쩌면 8강 경기를 위해 널 아껴둘 수도 있겠다. 선발 일정이 꼬이면 최악의 경우 4강전에 네가 마운드에 오르지 못할 수도 있으니까."

챔피언스 리그의 최대 단점이다.

타자의 경우 매일 시합에 뛰는 게 가능하지만 투수의 경우 회복기를 거쳐야 하기 때문에 간격 유지가 필수적이다.

때문에 감독으로서는 어느 경기를 선택해서 집중하느냐를 따져 봐야 한다.

타자처럼 선발 투수도 매일같이 마운드에 오를 수 있거나 대회 기간이 여유롭게 진행된다면 모를까, 그렇지 않은 이상 감독들은 승률이 높은 선발 투수를 어느 경기에 등판시켜야 할지 무척이나 고민이 될 수밖에 없었다.

또한 투수의 경우 한순간에 무너져 버리면 다시 기회가 오지 못할 수도 있었기에 챔피언스 리그는 항상 투수보다 타자들이 주목받을 수밖에 없는 구조였다.

그래서 역대 챔피언스 리그 MVP는 모두 타자들이었다.

"이왕 16강 경기에 등판을 해야 한다면 개인적으로 나는 네가 인디오스 전에 등판했으면 좋겠다."

"왜?"

"왜라니? 쿠바산 특급 천재를 삼진으로 찍어 누르는 한국산 특급 천재! 크으~ 이 얼마나 멋지냐? 그러니까 만약 인디오스 전에 등판하면 다른 건 몰라도 세르지오 발데즈

만큼은 확실하게 짓밟아 버려라. 한국인의 매운맛을 보여 주라고."

"여기서 한국인의 매운맛이 왜 나오는 건데?"

"내 말은 한국인의 우수성을 세계에 확실하게 증명하라는 거지 뭐. 흐흐흐!"

형수의 실없는 말을 한 귀로 흘려들었지만, 언론은 꽤 들떠 있었고 나와 세르지오 발데즈의 대결을 무척이나 기대하고 있었다.

그리고 그런 기대는 현실로 이어졌다.

16강 첫 번째 날 LA 다저스는 후쿠오카 소프트뱅크 호크스를 상대로 손쉽게 승리를 거뒀다. 그러나 디트로이트 타이거스와 인디오스 데 관타나모의 경기 결과가 놀랍게도 인디오스의 승리로 끝나면서 A그룹의 전망이 완전히 엉망이 되고 말았다.

게레로 감독은 고민 끝에 16강 두 번째 경기에서 LA 다저스의 선발 투수들 가운데 가장 컨디션이 좋았던 딜런 아담스를 투입했다.

딜런 아담스는 게레로 감독의 기대대로 컨디션만큼이나 호투를 보이며 디트로이트 타이거스의 타선을 8회까지 완벽하게 막아냈다.

문제는 다저스의 타자들 또한 디트로이트 타이거스의 선

발 투수에게 완벽하게 봉쇄를 당했다는 점이다.

디트로이트 타이거즈의 선발 투수는 작년까지 팀 동료이자 에이스로 불렸던 필 맥카프리였다.

경기 결과는 1점 차 패배.

완봉승을 가져간 필 맥카프리와 다르게 딜런 아담스는 한계 투구수로 인해 8회까지 무실점으로 마운드를 지켰으니 9회 다저스의 핵심 불펜 투수인 알렉스 트레더웨이가 디트로이트 타자들의 강공을 견뎌내지 못하고 결국은 1실점을 허용하며 경기가 그대로 끝나고 말았다.

인디오스 데 관타나모는 소프트뱅크 호크스를 상대로 무난하게 승리를 거두며 2승으로 A그룹 1위로 치고 올라갔고, LA 다저스와 디트로이트 타이거즈는 1승 1패를 나란히 기록했지만, 득실점 차이로 인해 LA 다저스가 2위를 간신히 지킬 수 있게 되었다.

"순위 완전히 꼬여 버렸다."

형수가 A그룹 순위표를 바라보며 인상을 찌푸렸다.

IBAF 챔피언스 리그 16강

〈A그룹 순위표〉

1위. 인디오스 데 관타나모—2승(+9)

2위. LA 다저스—1승 1패(+3)

3위. 디트로이트 타이거스—1승 1패(−1)

4위. 후쿠오카 소프트뱅크 호크스—2패(−11)

순위표를 바라보는 나 역시 표정이 좋지 않을 수밖에 없었다.

'오늘 경기는 무조건 이겨야 한다.'

우선적으로 8강에 올라가기 위해서는 반드시 오늘 인디오스 데 관타나모를 상대로 승리를 해야만 한다.

문제는 단순한 승리 이상이 필요하다는 사실이다.

다저스가 승리한다 하더라도 승패는 2승 1패.

오늘 디트로이트 타이거스가 소프트뱅크 호크스에게 패배할 가능성이 무척이나 희박하다는 점을 떠올리면 결과적으로 세 팀이 모두 나란히 2승 1패를 기록하게 된다.

결국 순위를 결정짓게 되는 건 득실점 차이다.

'인디오스가 너무 압도적이야.'

인디오스 데 관타나모는 무려 +9점이다.

LA 다저스가 조 1위를 차지하려면 오늘 경기에서 최소 3점 차 이상의 승리를 가져와야 한다.

쉽지 않은 일이다.

인디오스 데 관타나모는 디트로이트 타이거스를 상대로 5 : 3으로 승리를 한 팀이다.

공격력도 공격력이지만, 투수진의 높이 역시 만만하지 않았다.

더욱이 어제 경기에서 단 1점도 득점하지 못한 다저스 타자들의 컨디션을 놓고 봤을 때, 3점 이상을 득점한다는 건 무척이나 어려운 일처럼 느껴질 수밖에 없다.

무엇보다 오늘 경기에서 다저스가 승리해도 조 1위는 고사하고 조 3위로 떨어질 가능성도 있었다.

디트로이트 타이거즈와 소프트뱅크 호크스의 경기 결과가 관건이다.

'6점 차 이상의 승리를 가져간다면……'

최악이다.

디트로이트 타이거즈는 단숨에 2승 1패 +5점이 된다.

반대로 LA 다저스는 2점 차이로 승리를 한다 하더라도 상대전적에서 밀려 조 3위로 8강 진출이 실패된다.

다저스와 인디오스를 상대로 각각 4점, 7점 차이로 패배한 소프트뱅크였으니 디트로이트에게 6점 차 이상의 패배를 하지 말란 법도 없었다.

이런저런 경우의 수를 다 버리고 간단하게 생각하면 딱 하나다.

'3점 차의 승리가 답이야.'

오늘 경기에서 무조건 인디오스 데 관타나모를 상대로 3

점 이상의 승리를 따내는 것. 그것만이 LA 다저스의 8강 진출의 확실한 열쇠다.

"지혁아, 콜 왔다. 가자."

형수의 말에 나는 모자를 고쳐 쓰고 형수와 함께 더그아웃으로 향했다.

오늘 경기는 최소 8이닝, 할 수 있다면 완투까지 가야만 한다.

Chapter 2

100MILE

LA 다저스의 선공으로 경기가 시작됐다.

타석에 들어서는 1번 타자는 던컨 카레라스, 파워만 증가한다면 대형 중견수로 확실하게 자리를 잡을 수 있을 텐데 하는 주변의 아쉬움이 많은 선수다.

이 말을 반대로 해석하면 파워를 제외하면 모든 부분에서 부족함이 전혀 없다는 뜻이기도 하다.

문제는 이 파워라는 부분이 단순한 트레이닝만으로는 쉽게 증가시킬 수가 없다는 사실이다.

체계적인 관리와 훈련을 통해 일정 부분 파워가 증가할

수는 있지만, 문제는 그렇게 파워에 집착을 하다가 다른 부분이 무너지는 경우가 무척이나 높았고 실제로도 그런 사례를 겪으면서 선수 생활에 위기를 맞거나 슬럼프에 빠진 선수들이 한두 명이 아니라는 점이다.

그래서 홈런 타자는 타고난 힘이 있어야 한다는 소리가 있는 거다.

쇄애애애액.

퍼— 엉!

빠르다.

전광판에 찍힌 구속은 98마일.

"팔이 무슨 긴팔원숭이도 아니고 채찍처럼 휘두르네."

인디오스 데 관타나모의 선발 투수, 오마 크루즈의 투구를 바라보며 형수가 혀를 내둘렀다.

우완 사이드암 투수인 오마 크루즈는 형수의 말처럼 평균보다 훨씬 긴 팔을 가지고 있었고, 투구 동작은 마지막까지 팔꿈치가 등 뒤에 숨었다가 순식간에 튀어 나왔기에 흡사 팔이 아닌 채찍을 휘두르는 것처럼 보였다.

덕분에 타자의 입장에서는 타이밍을 맞추기가 굉장히 까다로웠고, 공의 위력도 상당히 뛰어났기에 오마 크루즈와 같은 유형의 투수는 메이저리그에서도 찾아보기가 쉽지 않았다.

다만.

"볼! 포볼!"

"제구가 완전 똥이네. 느긋하게 스트라이크 하나 먹고 들어가면 되겠다."

형수의 말에 주변 동료들 또한 같은 생각이라는 듯 고개를 끄덕였다.

오마 크루즈는 분명 희소성이 넘치는 투수지만, 기본적인 제구력과 변화구의 위력이 장점을 다 잡아먹을 정도로 좋지 않았다.

'릴리스 포인트의 영점을 제대로 잡지를 못하네.'

독특한 투구폼에서 발생되는 릴리스 포인트 조정 실패다.

"볼! 포볼!"

연속 볼넷으로 크레이그 바렛까지 1루로 진출했다.

"오늘 경기 어쩌면 쉽게 풀리겠는데?"

형수가 헬멧을 머리에 쓰곤 날 바라보며 웃었다.

3점 차 승리를 해야만 무난하게 8강 진출이 가능한 다저스의 입장에서 선발 투수가 1회 초부터 제구력 난조를 보인다는 건 좋은 징조였다.

주자 1, 2루 상황에서 3번 타자 코리 시거마저 볼넷으로 출루에 성공했다.

세 타자 연속 볼넷이라는 최악의 피칭 내용으로 인해 1회 초, 아웃 카운트를 하나도 잡아내지 못한 상황에서 투수 코치가 마운드에 올라갔다.

얼굴을 잔뜩 찌푸린 상태로 신경질적으로 글러브를 주물러대는 오마 크루즈의 어깨를 투수 코치가 다독이는 모습이 보였다.

그렇지 않아도 제구력이 바닥인 상황에서 감정까지 흥분하면 대량 실점으로 이어질 수도 있었기에 투수 코치로서 자신의 역할을 최대한으로 완수하기 위해 선발 투수를 진정시키기에 여념이 없었다.

투수 코치의 노력 덕분인지 오마 크루즈의 표정이 살짝 풀어졌다.

하지만 상황은 여전히 투수의 목을 잔뜩 조이고 있었다.

투수나 야수들에게 있어 최악의 시나리오는 볼넷 남발 이후, 연속 안타였으니까.

'데니스 플린의 타격이 중요하겠네.'

무사 만루 상황에서 데니스 플린이 우익수 앞쪽에 떨어트리는 안타만 쳐도 발 빠른 주자들로 인해 순식간에 2득점을 노려볼 수 있다.

너무 짧은 단타를 치면 1득점에서 끝나겠지만, 2루 주자인 크레이그 바렛의 발이 빠르고 주루 플레이에도 능하니 득점을 노려볼 만했다.

'최악은 투수 앞 땅볼.'

지금 상황에서 데니스 플린이 투수 앞 땅볼을 치면 상황은 정말 최악으로 변한다.

투수—포수—1루수로 이어지는 더블플레이가 나오기 때문이다.

타저스의 선수들이라면 모두가 그렇게 여기고 있을 것이다.

투수 앞 땅볼만 치지 마라.

차라리 깨끗하게 삼진을 당하거나, 더블플레이를 칠 거라면 3루 주자가 홈에 들어올 수 있는 상황이라도 만들어라.

그런 모두의 바람을 갖고 데니스 플린이 타석에 들어섰다.

올 시즌 데니스 플린은 많다고는 할 수 없지만, 그렇다고 적다고 할 수도 없는 병살타를 기록하고 있었다.

너무 힘이 잔뜩 들어가는 스윙으로 인해 땅볼 유도를 잘하는 투수들에게 간간히 병살타를 헌납했기 때문이다.

4번 타자와의 대결이라 그런지 마운드에 서 있는 오마 크루즈의 표정도 딱딱하게 긴장한 것처럼 보였다.

'초구는 커브.'

나라면, 내가 마운드에 서 있는 오마 크루즈라면 데니스 플린을 상대로 초구는 커브를 던진다.

스트라이크 존을 가까스로 걸치고 들어가는 커브로 카운트를 뺏거나, 패스트볼을 노리고 스윙을 할 데니스 플린에게서 땅볼을 유도할 거다.

문제는 현재 오마 크루즈의 제구력이 형편없다는 사실과 그의 커브는 포심 패스트볼만큼 구위가 좋지 못하다는 점이다.

데니스 플린이라고 이걸 모를까?

3루 주자를 바라보던 오마 크루즈가 빠르게 초구를 던졌다.

오늘 경기 첫 번째 슬라이더였다.

우타자인 데니스 플린의 몸 쪽을 찌르고 들어오는 고속 슬라이더를 던졌다.

딱.

'짧다.'

배트의 손목 부근에 공이 맞으면서 타구가 먹혀 들어갔다.

3루 라인을 타고 굴러가는 타구를 3루수가 빠르게 달려 나왔고, 동시에 적당한 리드 폭을 가져갔던 던컨 카레라스가 홈으로 쇄도했다.

3루수는 타구를 손으로 집어 그대로 1루를 향해 던졌다.

아웃.

발 빠른 좌타자였다면 충분히 살 수도 있을 상황이었지만, 데니스 플린의 주력으로는 어림도 없었다.

무사 만루 상황에서 1사 2, 3루 상황으로 변했고 다행스럽게도 1점을 올렸다.

팀 내 4번 타자로서 칭찬을 받을 정도의 타격은 아니었지만, 모두 일어나서 데니스 플린과 하이파이브를 하며 그를 격려했다.

'차라리 잘됐어.'

아웃 카운트 하나를 점수 1점과 맞교환을 했지만 더 이상 더블플레이에 대한 걱정은 하지 않아도 되니 차라리 타석에 서는 타자들에게는 긴장감을 덜어줄 수 있게 됐다.

5번 타자 마이크 트라웃이 타석에 들어섰다.

올 시즌을 끝으로 은퇴까지도 생각하고 있는 트라웃이었기에 어쩌면 그에게 챔피언스 리그 역시도 마지막이 될지 몰랐다.

따악!

타구가 높이 떠오르며 중견수 깊숙한 곳까지 날아갔다.

중견수의 글러브에 타구가 들어가는 순간 3루 주자 크레이그 바렛이 홈을 향해 달렸고 어려움 없이 득점을 올릴 수 있었다.

6번 타자 미치 네이가 외야 뜬공으로 물러나며 1회 초 다저스의 공격이 끝이 났다.

무사 만루 상황에서 2점밖에 올리지 못했다는 사실이 아쉽기는 했지만, 점수를 아예 내지 못하는 것보다는 나았기에 좋게 생각하며 수비를 위해 마운드에 올랐다.

인디오스의 1번 타자에게는 9개의 공을 던지며 삼진을 잡아냈다.

초구부터 포심 패스트볼로 카운트를 유리하게 끌고 갔지만, 2스트라이크 이후 짧게 쥔 배트로 툭툭 끊어서 파울 타구를 만들어내는 타자로 인해 투구수가 생각지도 못하게 늘어나고 말았다.

오늘 경기는 최소 8이닝을 책임져야만 한다.

무리하게 삼진을 잡아가며 타자를 상대하기보다는 적당하게 맞춰주는 투구를 하는 게 현명했다.

9개나 던졌던 1번 타자와 다르게 2번 타자에게는 3개의 공만 던지면서 유격수 땅볼로 아웃 카운트를 쉽게 얻어냈다.

그리고 수많은 언론이 기대하고 집중 조명을 했던 세르지오 발데즈가 타석에 들어섰다.

16강 경기를 치르면서 타율이 떨어졌다고 하지만 여전히

5할이 넘는 타율을 유지하고 있었고, 홈런도 하나를 추가하면서 이번 대회 최고의 타자로 활약을 하고 있는 세르지오 발데즈는 190㎝가 넘는 키에 100㎏이 넘는 건장한 체격을 가지고 있었다.

탄탄한 근육과 유연성은 물론 탄력까지 갖추고 있는 세르지오 발데즈는 외모만 놓고 본다면 한국 나이로 18살이라는 게 믿기지 않을 정도였다.

외모적인 느낌으로 봤을 때 단번에 떠오르는 선수가 있었다.

야시엘 푸이그(Yasiel Puig).

LA 다저스에서 최고의 전성기를 보내다 돌연 뉴욕 양키스로 이적을 한 메이저리그의 야생마.

3년 전, 경기 도중 무리한 플레이로 큰 부상을 당해 아직까지도 재활에 전념 중인 야시엘 푸이그는 메이저리그 최고의 인기 타자 중 한 명이다.

그런 야시엘 푸이그의 그림자가 세르지오 발데즈에게서 얼핏 보였다.

형수는 초구로 몸 쪽 높은 코스의 포심 패스트볼을 요구했다.

이번 대회에서 세르지오 발데즈를 분석한 결과 그나마 몸 쪽 코스에 약한 모습을 보였기 때문이다.

와인드업을 하고 몸 쪽 높은 코스의 스트라이크 존을 통과하는 포심 패스트볼을 던졌다.

쐐애애애액.

퍼— 엉!

"스트라이크!"

98마일의 포심 패스트볼이 몸 쪽으로 강하게 찌르고 들어오자 세르지오 발데즈가 눈을 찌푸리며 나를 노려봤다.

무척이나 도전적이면서도 반항적인 느낌이 강한 시선에 헛웃음이 나왔다.

프로에 데뷔를 한 지 3년 차에 들어선 나였다.

아직까지는 선배들이 절대 다수였기에 나보다 나이가 어린 선수들의 시선을 받은 적이 거의 없었다.

시즌이 시작되기 전, 시범 경기에서는 어린 유망주들을 몇 명 상대해 봤지만 세르지오 발데즈처럼 날 도전적으로 노려보는 어린 선수는 한 명도 없었다.

기에서 눌렸다고 해야 할까?

나이 차이는 고작 1, 2살밖에 나지 않지만 이미 메이저리그 정상에 올라서 있는 투수였기에 도전적으로 노려보기보다는 경외와 존경의 눈빛이 더 컸다.

물론 그들도 타석에 서면 나를 상대로 안타를 치고 말겠다는 열의가 느껴지기는 했지만, 세르지오 발데즈처럼 노골적으로 날 노려보는 반항적인 눈빛은 단 한 번도 경험해 보지 못했다.

뭔가 느낌이 묘하게 다가왔다.

항상 어린 선수, 루키라는 주변 이야기를 들어서일까?

무척이나 색다른 기분이 전해졌다.

그리고 한편으로는 이제 나도 후배 선수들을 맞이해야 할 나이가 되어가고 있구나 싶은 마음도 들었다.

세르지오 발데즈의 뜨거운 도발을 덤덤하게 받아넘기며 두 번째 공을 던졌다.

바깥쪽을 살짝 걸치고 들어가는 컷 패스트볼이었는데, 세르지오 발데즈는 가볍게 배트를 휘둘러 타구를 파울라인 밖으로 밀어냈다.

2스트라이크 노볼 상황에서 던진 세 번째 공은 홈플레이트 앞에서 존 아래로 떨어지는 파워 커브.

"볼!"

어깨가 움찔거리기는 했지만 세르지오 발데즈는 볼을 골라내며 공보는 눈이 나쁘지 않고, 성격 또한 성급하지 않다는 걸 내게 알려줬다.

네 번째 공은 몸 쪽으로 붙는 포심 패스트볼이었는데, 손가락 끝에서 살짝 벗어나면서 또다시 볼이 되고 말았다.

2스트라이크 2볼 상황.

타석에서 물러난 세르지오 발데즈가 허공에 체크 스윙을 하고는 타석에 다시 들어섰다.

가볍게 쥔 배트와 편안한 자세와는 다르게 두 눈을 뜨겁게 타오르고 있었다.

승부욕이 상당히 강한 선수인 게 분명했다.

'그렇다면 꺾어줘야지.'

원래 계획에 없었던 공을 던질 생각에 형수에게 사인을 보냈다.

마스크를 쓰고 있는 형수의 입가가 씰룩거리는 게 보였다.

그 모습만으로도 형수가 어떤 유치한 생각을 하고 있을지 뻔했다.

천천히 와인드업을 하고 공을 던졌다.

투수는 안다.

와인드업을 하고 몸의 회전을 마치고 마지막 순간에 모든 힘을 손가락 끝에 모아 던졌을 때, 실투가 아님에도 불구하고 심장을 후벼 파는 서늘한 감각이 전해지면 내가 아무리 잘 던진 공이라 하더라도 가장 끔찍한 결과로 이어진다는 걸.

지금이 그랬다.

내가 던지고자 했던 구종, 코스, 마지막 투구 동작까지 모든 것이 완벽했음에도 공이 내 손끝에서 떠나는 순간 서늘한 느낌이 심장을 관통했다.

따— 아아악!

투수로서 가장 듣기 싫은 경쾌한 타격음이 고막을 때렸다.

배트에 맞는 순간 이미 내 머리 위를 미사일처럼 날아가는 타구는 돌아볼 필요도 없었다.

여유롭게 배트를 던지고 1루를 향해 뛰어가는 세르지오 발데즈와 벌떡 일어나서 믿을 수 없다는 표정으로 포수 마스크를 벗어던진 형수의 모습이 눈에 들어왔다.

라이징 패스트볼이 무적이 아니라는 게 증명되는 순간이었다.

*　　　*　　　*

"뭐라고? 육 점?"

더그아웃 한쪽에 마련되어 있는 전화기로 통화를 하던 코치의 음성이 뾰족하게 울려 퍼졌다.

코치의 음성을 들은 모두가 놀란 눈으로 그를 바라봤다.

슬쩍 게레로 감독을 바라보니 경기에 집중을 하고 있는 것처럼 그라운드를 바라보고 있었지만, 이미 그의 표정 역시 딱딱하게 굳어 있는 게 눈에 들어왔다.

"설마 디트로이트가 소뱅을 상대로 육 점을 앞서고 있다는 건 아니겠지?"

한국어로 아주 작게 말을 하는 형수였다.

형수의 물음에 굳이 대답을 할 필요가 없었다.

통화를 하는 코치의 음성과 잔뜩 일그러진 표정이 모든 상황을 알려주고 있었으니까.

'육 점 차이면……'

이대로 경기가 끝날 경우, 인디오스 데 관타나모는 조 1위를 확정짓게 되고 조 2위는 득실점 차이 1점 차이로 디트로이트 타이거즈의 몫이 된다.

아직 양쪽의 경기가 모두 끝난 건 아니지만, 우려했던 현실이 눈앞에서 벌어지려고 하고 있었다.

"빌어먹을! 소뱅 그 병신들!"

형수가 신경질적으로 욕설을 내뱉으며 주먹을 쥐었다.

디트로이트 타이거즈를 상대로 소프트뱅크 호크스가 이기리라고는 생각도 하지 않았지만, 설마했던 우려처럼 6점이나 되는 점수 차이로 끌려갈 줄은 몰랐다.

전화 통화를 마친 코치가 다급한 발걸음으로 게레로 감독에게 다가갔다.

모두의 이목이 집중되고 있다는 걸 알기에 코치는 게레

로 감독에게 귓속말을 했다.

이윽고 모든 말을 전해 듣고 난 게레로 감독이 알겠다는 듯 고개만 끄덕였다.

속 시원하게 상황을 알고 싶어 하는 선수들의 기대와는 다르게 게레로 감독은 말없이 그라운드만 바라보고 있을 뿐이었다.

"내가 홈런만 맞질 않았어도."

나도 모르게 속마음이 입 밖으로 튀어나왔다.

"무슨 소리야? 넌 진짜 잘 던진 공이었어. 노렸든, 재수가 터졌든 타자가 잘 친 타구를 어떻게 하겠냐? 대신 연타석 삼진으로 갚아줬잖아?"

형수의 말은 틀렸다.

세르지오 발데즈에게 홈런을 맞은 건 순전히 내 잘못이다.

단순하게 패스트볼을 노린 스윙이 아니었다.

무조건 내가 라이징 패스트볼을 던질 거라는 걸 확신하고 자신 있게 가져간 스윙이었다.

'12-to-6 커브를 던졌어야 했어. 거기서 자신만만하게 패스트볼을 던지는 게 아니었어.'

내가 외면했던 승부욕이, 우월 의식이 화근을 만든 거다.

반대로 세르지오 발데즈는 내가 승부를 해올 것이라는

걸 확신하고 있었던 거다.

단순히 야구만 잘하는 게 아니라 머리도 좋다는 뜻이다.

나와 자신의 상황, 주변에서 우리 두 사람의 대결을 관심 있게 지켜보고 있다는 사실 등을 완벽하게 머릿속에 그려 놓고 내가 결정구로 무엇을 던질지 예측을 하고 있었다는 소리다.

그렇게 알고 친 순도 100퍼센트짜리 세르지오 발데즈의 홈런이다.

연타석 삼진으로 복수를 했다고 해도 오늘 경기의 승자는 누가 뭐라고 해도 세르지오 발데즈다.

무엇보다 이번 홈런을 통해 세르지오 발데즈는 메이저리그의 수많은 간판타자들보다 더 빛나는 명성을 얻게 되었다.

그렇지 않아도 집중 관심을 받으며 몸값이 상승하고 있는데, 더욱더 추진력을 받게 됐다.

"지혁아, 네가 자책할 일이 아니야. 넌 선발 투수로서 7이닝까지 단 1실점으로 호투하고 있는 중이잖아? 남아 있는 2이닝만 지금처럼 잘 지켜줘. 점수는… 어떻게든 타자들이 해볼 테니까."

형수는 자신 있게 말을 했지만, 현실은 전혀 희망적이지 못했다.

1회 초부터 제구력 난조로 2실점을 한 오마 크루즈는 2회부터는 아슬아슬하게 마운드를 지켜내며 결국 5이닝까지 책임을 졌다.

1회 초 2실점만 아니라면 정말 훌륭하게 다저스 타자들을 상대했다 칭찬할 만한 투구였다.

그리고 인디오스의 불펜진이 가동됐다.

6회 초와 7회 초에도 각각 2명의 투수가 마운드에 올라 공을 던졌다.

한때 한국 프로야구 무대에서 모 감독의 유명한 작전으로 사용되었던 벌 떼 야구였다.

"씨발! 또 교체야?"

8회 선두 타자를 상대하고 난 투수가 마운드를 내려갔다.

흔한 공식처럼 우타자에게는 우투수를, 좌타자에게는 좌투수 작전을 펼치고 있었다.

땅볼을 치고 더그아웃으로 들어오는 크레이그 바렛의 표정엔 불만이 가득했다.

계속되는 투수 교체가 원흉이었다.

좌타자인 3번 코리 시거를 상대로 마운드에 올라온 인디오스의 좌투수는 2미터가 넘는 큰 키를 가지고 있었는데, 키만큼이나 넓은 리치를 자랑하는 길쭉한 팔 길이에서 사이드암으로 던지는 공은 단순히 지켜만 봐도 좌타자에게는 무척이나 껄끄럽게 느껴졌다.

남은 아웃 카운트는 5개.

다섯 번 아웃을 당하기 전까지 어떻게든 2점을 따내야 8강 진출이 가능했다.

타석에 선 코리 시거는 신중하게 새로 바뀐 투수의 공을 지켜봤다.

전광판에 찍힌 94마일의 패스트볼 구속이 그렇게 빠른 투수는 아니라고 말해주고 있었다.

문제는 좌타자의 사각지역에서 공이 튀어나오는 듯한 착각을 일으키는 투구 폼.

공 3개가 빠르게 지나갔고 카운트는 1스트라이크 2볼이 됐다.

슬라이더를 던져가며 코리 시거를 유인해 냈지만 침착하게 공을 지켜보며 참아냈다.

뜻대로 타자가 움직여주지 않으니 투수의 표정이 살짝 찌푸려져 보였다.

새카만 손이 하얗게 보일 정도로 로진백을 듬뿍 바른 투수가 네 번째 공을 던졌다.

쐐애애액.

퍼억!

공이 제 갈 길을 잃고 코리 시거의 허벅지를 그대로 강타했다.

코리 시거가 깜짝 놀라며 배트를 내던지며 투수를 노려봤다.

투수 역시 잔뜩 찌푸린 얼굴로 코리 시거를 노려봤다.

잠시 눈싸움을 벌이다 포수와 주심의 중재로 코리 시거가 1루로 걸어 나갔다.

"또 바꾸려나?"

형수가 장갑을 끼며 조롱하듯 그렇게 중얼거렸다.

이제 줄줄이 우타자들이다.

인디오스의 더그아웃에서 우투수로 투수를 교체할 가능성이 있었다.

나와 형수의 생각과는 다르게 인디오스에서는 투수 교체를 하지 않고 그대로 마운드를 현재 투수에게 맡겼고, 타석에는 오늘 경기에서 4번 타자로서 이렇다 할 활약을 제대로 보여주지 못한 데니스 플린이 들어섰다.

"한 방만 쳐라."

더그아웃에서 초조하게 경기를 지켜보던 누군가의 음성처럼 나 역시 같은 생각이 간절했다.

명색이 4번 타자라면 이런 상황에서 위기를 탈출하는 한 방을 터뜨릴 줄 알아야 한다.

데니스 플린 역시 꽤나 부담감이 많은 듯 잔뜩 굳은 표정으로 투수를 노려보며 타격 자세를 취했다.

포수와 사인을 주고받은 인디오스의 투수는 잠시 1루 주자, 코리 시거를 바라보더니 번개와도 같은 속도로 견제구를 날렸다. 다만, 그렇게 던진 견제구가 코리 시거의 얼굴 쪽이라는 점이 지켜보는 이들의 가슴을 철렁하게 만들었다.

1루수가 재빨리 글러브를 뻗어 견제구를 잡아냈지만, 깜짝 놀란 코리 시거의 표정은 더없이 사납게 일그러졌다.

일반적으로 데드볼을 맞추고 나면 타자와의 초구 이전부터 견제구를 던지는 행위는 비매너적인 행위로 인식되어 있었으니 누가 봐도 방금의 견제구는 도발적인 행동이라 봐도 무방했다.

아무리 매너가 좋은 코리 시거라도 흥분하지 않을 수 없었고, 잠시 타임아웃이 됐다.

감정을 다스리고 다시 경기가 재개됐다.

투수가 초구를 던졌고, 데니스 플린은 낮은 코스의 스트라이크 존을 통과하는 공을 지켜보기만 했다.

다분히 땅볼을 유도하기 위한 공이었고, 어떻게든 병살타만은 피해야만 하는 데니스 플린으로서는 섣부르게 건드려서는 안 되는 공을 잘 참아냈다.

2구, 3구, 4구, 5구까지 카운트는 2스트라이크 2볼로 이어졌다.

딱!

6구째 바깥쪽으로 살짝 빠지는 패스트볼을 데니스 플린이 가볍게 밀어쳤다.

1루 베이스 위를 아슬아슬하게 스치고 지나가는 타구였고, 몸을 날리며 1루수가 글러브를 내밀었지만 성인 손바닥 한 뼘 정도의 간격을 두고 빠져나갔다.

"나이스!"

더그아웃 여기저기서 환호성이 터졌고, 나 역시 주먹을 쥐며 몸을 벌떡 일으켰다.

선행 주자 코리 시거는 3루 코치의 맹렬한 팔 회전에 2루 베이스를 찍으며 3루로 내달려 헤드 퍼스트 슬라이딩으로 세이프를 이끌어냈다.

1사 1, 3루 상황이 되자 인디오스 더그아웃에서 투수를 교체시켰다.

누가 나오든 타석에는 트라웃이다.

이런 상황에서 자신을 몫을 충실하게 해줄 수 있는 믿음이 가장 큰 타자였기에 나를 비롯한 더그아웃에서 응원을 하는 동료들의 기대가 자연스럽게 커졌다.

쐐애애애액!

퍼어— 어엉!

바뀐 투수의 구속은 무척이나 빨랐다.

초구부터 99마일을 찍었으니 충분히 100마일 이상의 공을 던질 수 있다는 의미였다.

나이가 들면서 빠른 공에 대한 대처가 상당부분 떨어진 트라웃이라 살짝 걱정이 들었다.

퍼— 어엉!

또다시 99마일의 빠른 공이 스트라이크 존을 관통했다.

공 2개만으로 투 스트라이크 노볼 상황이 됐다.

'짧은 거 하나만.'

장타를 칠 필요는 없다.

짧은 인타 하나만 내려도 우선 1득점에 성공하고 주자는 1, 2루가 된다.

다음 타석이 형수였으니 충분히 기대를 해볼 만했다.

내 바람이 통했을까?

2개의 유인구로 트라웃을 낚으려고 했던 인디오스의 투수는 5구에서 승부구를 던졌고, 트라웃은 스트라이크 존으로 들어오는 공을 그대로 타격하는 데 성공했다.

딱.

타구가 투수의 옆을 곧바로 스치면서 내야를 벗어났다.

"오케이!"

"나이스! 나이스!"

소중한 1점을 득점했기에 더그아웃의 분위기가 한껏 달아올랐다.

게레로 감독은 고개를 끄덕이며 박수를 치고는 재빨리 수석코치를 불러 작전을 펼쳤다.

주자 교체였다.

2루 주자인 데니스 플린을 빼고 발이 빠른 대주자를 선택했다.

이제 남은 건 단 1점.

그거면 된다.

비장한 표정으로 타석으로 들어서는 형수를 바라보며 나는 두 손을 모으며 간절하게 중얼거렸다.

"내야를 벗어나는 단타면 된다."

게레로 감독의 지시를 받은 2루 주자는 리드 폭을 길게 가져갔다.

단타라 하더라도 내야만 벗어나면 홈을 노려보겠다는 의지였다.

2루 주자의 행동에 투수는 꽤나 신경이 쓰이는지 2번이나 견제구를 던졌다.

하지만 다른 건 몰라도 주루 플레이에서만큼은 다저스 구단 그 누구보다 뛰어난 대주자였기에 어지간한 견제구로는 잡힐 일이 없었다.

주자에 대한 신경이 날카롭게 선 상태에서 투수가 초구를 던졌다.

스트라이크 존을 크게 벗어나는 볼이었다.

제구가 불안했다.

여기서 한 방이면 또다시 실점을 할지도 모른다는 사실이 투수의 머릿속을 괴롭히고 있었다.

반면, 형수는 긴장했지만 최대한 여유를 찾으려고 노력하고 있었다.

'침착하게 쳐라, 형수야.'

성급하면 최악의 결과가 발생할지도 몰랐기에 최대한 인내심을 갖고 타격을 해야만 한다.

딱.

타구가 3루 라인을 벗어나며 파울이 되고 말았다.

몸 쪽으로 바짝 붙이려던 공이 가운데로 살짝 몰렸는데 형수가 아쉽게도 그 공을 놓쳤다.

파울 타구를 바라보며 형수가 제 머리를 힘껏 두드렸다.

딱.

다시 한 번 파울 타구가 나왔다.

바깥쪽으로 빠지는 공에 성급하게 배트가 나왔다.

2스트라이크 1볼 상황으로 변하자 투수의 표정이 한결

여유로워졌고, 반대로 형수의 표정은 딱딱하게 경직됐다.

잠시 타임을 요청하고 타석에서 물러난 형수는 장갑을 풀었다 다시 조이면서 제 뺨을 3차례나 후려쳤다.

냉정함을 찾고자 하는 행동으로 인해 다시 타석에 섰을 때 형수의 표정은 한결 긴장감을 털어낸 듯 보였다.

"짧게 팀 배팅으로 가자."

형수를 향해 주문처럼 그렇게 중얼거렸고, 투수가 던진 낮은 볼을 가까스로 참아내며 형수는 안도의 한숨을 내쉬었다.

"볼!"

다시 한 번 유인구가 스트라이크 존을 벗어나며 풀카운트까지 갔다.

이제는 타자와 투수 모두 부담이 가는 상황.

여기서 투수가 형수를 거를 것인지, 승부를 할 것인지가 중요하다.

'내가 감독이라면.'

거른다.

발이 느린 형수를 거르고 다음 타자인 미치 네이와 상대를 해서 더블플레이를 노린다.

물론, 쉽지 않은 작전이지만 어설프게 형수를 상대하는 건 위험한 도박이다.

더그아웃의 사인을 꽤 오래 지켜보던 포수가 투수에게 사인을 보냈고, 투수는 고개를 끄덕이고는 빠르게 공을 던졌다.

'유인구.'

대놓고 거르기보단 어렵게 승부를 해보겠다는 의지였다.

홈 플레이트 앞에서 살짝 떨어지는 커브였고, 기다리면 볼넷으로 1루까지 편안하게 걸어나갈 수 있었다.

그런데 형수의 배트가 이미 절반이나 돌아 나오고 있었다.

떨어지는 볼을 향해 형수는 하체가 무너지면서까지 스윙 궤적을 변경하며 어떻게든 공을 때렸다.

딱!

'먹혔어.'

제대로 된 타격이 이뤄지지 않았지만 형수가 힘으로 타구를 밀어버렸고, 타구는 3루수와 좌익수의 중간 지점을 향해 애매한 속도로 날아갔다.

대주자는 2루와 3루의 중간 지점에서 초조하게 타구를 지켜봤다.

타구를 따라서 뒤로 달리는 유격수와 마찬가지로 타구만 지켜보며 앞으로 달려 나오는 좌익수의 모습이 굉장히 아슬아슬하게 보였다.

내야에서 소리를 지르며 두 사람의 충돌을 예방시켰지만, 이미 타구만을 쫓으며 달리는 유격수와 좌익수는 기어이 충돌하고 말았다.

3루 코치가 소리를 지르기 전부터 2루 주자가 미친 듯이 달렸다.

3루 베이스를 찍고, 홈까지 달렸고 서로 충돌하면서 쓰러졌던 좌익수가 급하게 몸을 일으키며 바닥에 떨어진 공을 주워 홈으로 던졌다.

"뛰어! 뛰어!"

더그아웃에서 모두가 한목소리로 소리쳤고, 공이 날아오는 것과 동시에 대주자가 홈플레이트를 향해 슬라이딩을 시도했다.

촤아아악—!

퍼어억!

결과는?

"세이프!"

포수가 아웃이라며 펄쩍 뛰며 어필을 했고, 인디오스 더그아웃에서도 감독이 달려 나오며 판정에 항의를 시작했다. 그러거나 말거나 세이프 판정을 받은 대주자는 재빨리 더그아웃으로 달려오며 동료 선수들과 힘차게 하이파이브를 했다.

비디오 판독이 이뤄졌지만 결과는 변함이 없었다.

'됐어!'

이걸로 3점 차이가 됐다.

그때, 전화가 걸려왔고 곧바로 수석 코치가 전화를 받았다.

"끝났다고? 결과는? 칠 대 일? 오케이!"

수석 코치가 밝은 얼굴로 전화를 끊으며 게레로 감독을 향해 외쳤다.

디트로이트 타이거즈와 소프트뱅크 호스크의 경기가 끝났다.

경기 결과는 7 : 1.

이걸로 디트로이트 타이거즈는 2승 1패 득실점 차이는 +5점이다.

희망이 보였다.

지금 스코어 그대로 경기가 끝난다면 LA 다저스는 2승 1패, 득실점 차이는 +6점이 된다.

여기에 인디오스와의 상대 전적으로 인해 조 1위로 8강 진출이 가능해진다.

아쉽게도 후속 타자들이 내야 뜬공과 외야 뜬공으로 물러나면서 8회 초, 다저스의 공격이 끝나고 말았다.

"척, 해줄 수 있겠지?"

모자를 고쳐 쓰고 더그아웃을 빠져나가려는 내게 게레로 감독이 그렇게 물었다.

나는 천천히 고개를 끄덕였다.

"무조건 막겠습니다."

남은 2이닝, 전력으로 던져서 무실점으로 막아낸다.

Chapter 3

　—삼진! LA 다저스의 선발 투수 차지혁 선수! 인디오스 데 관타나모의 마지막 타자까지 삼진으로 잡아내며 완투승을 가져갑니다!

　—차지혁 선수 정말 무시무시하군요! 8회 말부터 9회 말 경기가 끝날 때까지 단 한 명의 타자도 출루시키지 않고 무려 5개의 삼진을 솎아내며 다저스의 승리를 완벽하게 지켜 냈습니다!

　—그렇습니다! 이로서 LA 다저스는 2승 1패 득실 차 플러스 6점으로 인디오스 데 관타나모와 동일하게 기록을 가져

갔습니다만, 상대 전적에서 승리했기 때문에 조 1위로 8강에 진출하게 되었습니다!

―오늘 경기 결과로 인해 가장 아쉬워 할 팀은 당연히 디트로이트 타이거스가 되겠군요. 같은 승패를 나란히 기록했음에도 불구하고 득실차에서 1점이 부족하여 8강 진출이 좌절됐으니 말입니다.

―방금 들어온 소식입니다. 16강 B그룹의 모든 경기가 끝났다고 합니다. 조 1위는 예상대로 보스턴 레드삭스가 차지했고, 조 2위는 피츠버그 파이리츠로 LA 다저스의 8강 상대는 피츠버그 파이리츠로 결정되었습니다. 이틀의 휴식일을 갖고 13일 목요일, LA 다저스는 피츠버그 파이리츠를 상대로 다저 스타디움에서 경기를 갖게 되어 있으니 시청자 여러분들의 많은 시청 부탁드리겠습니다. 지금까지 캐스터 이욱제, 해설에 도영우 해설위원이었습니다.

우여곡절 끝에 8강을 진출한 LA 다저스는 13일 피츠버그 파이리츠와 8강 경기를 가졌다.

단판 승부로 이기면 4강에 진출하고 지면 떨어지는 중요한 경기였다.

게레로 감독은 존 로더키를 선발로 내세웠지만, 상황에 따라서는 딜런 아담스를 비롯해서 모든 투수들이 경기에 나설 수 있도록 철저하게 준비를 시켰다.

나 역시 마찬가지였다.

팀의 승리를 위해서라면 단 1구를 던지기 위해서라도 마운드에 오를 준비를 해야만 했다.

경기는 초반부터 뜨겁게 달아올랐다.

피츠버그 파이리츠의 타자들은 아주 끈질기게 타석에 임했고, 그 결과 존 로더키는 3회 초까지 오는 동안 무려 3실점이나 하고 말았다.

실점도 실점이지만, 3이닝 동안 던진 투구수가 86개였으니 최대 5이닝이 한계라고 볼 수밖에 없었다.

그나마 위안거리라면 다저스의 타자들 역시 집중력 있는 모습으로 피츠버그의 선발 투수를 연신 두드리고 있다는 점이었다.

1회 말부터 득점을 올리면서 3회 말이 끝났을 때에는 6점을 뽑아내며 승리에 대한 열망을 보여줬다.

예상대로 존 로더키는 5회까지만 마운드를 지키고 내려왔다.

투구수는 103개.

마운드를 내려온 존 로더키는 질렸다는 듯 고개를 절레절레 흔들며 무척이나 피곤한 모습을 보였다.

존 로더키가 내려온 마운드를 이어 받은 건 딜런 아담스였다.

4점으로 점수 차이가 벌어졌음에도 게레로 감독은 불펜 투수들만으로는 절대 안심을 할 수 없다는 듯 기용할 수 있는 가장 최고의 투수를 선택했다.

마운드에 오른 딜런 아담스의 유니폼은 땀으로 흥건하게 젖어 있었다.

선발 투수의 특성상 짧은 이닝 내에 몸이 풀리지 않았기에 불펜에서 3회부터 지속적으로 공을 던지며 최고의 몸 상태를 만들어 놓은 거였다.

게레로 감독의 작전과 딜런 아담스의 팀을 위한 희생정신은 7이닝까지 무실점으로 확실하게 피츠버그 파이리츠의 타선을 봉쇄했다.

8회에는 팀 내 최고의 홀더인 알렉스 트레더웨이가 믿음대로 이닝을 묶었고, 9회에는 마무리 투수 샌디 펠런이 등판해서 피츠버그 파이리츠의 4강 진출을 철저하게 무너트렸다.

경기 결과 8 대 4.

LA 다저스의 4강 진출이 확정되었고, 16일 일요일에 상대하게 될 4강 상대는 인디오스 데 관타나모를 격파한 보스턴 레드삭스였다.

"너만 믿는다. 가자, 결승으로!"

형수가 나를 향해 그렇게 외쳤고, 보스턴 레드삭스 전에 선발 투수로 마운드에 올랐다.

올 시즌 보스턴 레드삭스는 시즌 11승의 제물이 되었던 좋은 기억이 있었기에 기분상으로는 크게 나쁜 점이 없었다.

5월 19일에 있었던 경기에서 8이닝 동안 무실점으로 보스턴 레드삭스의 타자들을 꽁꽁 묶었고 당시 13개의 탈삼진까지 기록했었기에 자심감은 충분했다.

1회 말부터 보스턴 타자들을 상대로 힘껏 공을 던졌다.

포심 패스트볼과 컷 패스트볼을 섞어가며 스트라이크 존을 날카롭게 공략하니 삼진 2개와 땅볼 하나로 기분 좋은 출발을 시작했다.

2회에는 파워 커브, 3회에는 체인지업을 섞었고 결과는 무척이나 만족스러웠다.

4회부터는 보스턴 타자들을 상대로 윽박지르는 투구를 가져갔다.

대충 타이밍을 맞췄다 싶었던 보스턴 타자들을 힘으로 짓누르는 투구로 인해 체력 소모가 커졌지만, 효과만큼은 아주 확실했다.

6회에는 패턴을 바꿨다.

살살 유인구를 던져가며 타자들의 배트를 끌어냈고 두

개의 단타를 허용했지만, 무실점으로 무사히 이닝을 마칠 수 있었다.

6회 말까지 무실점으로 내가 마운드를 지켜내는 사이 다저스 타자들은 3회와 6회에 각각 1점, 2점을 뽑아내며 승리에 크게 한발 다가갔다.

7회에는 12—to—6 커브로 타자들이 타이밍을 완벽하게 빼앗았고, 8회에는 투심 패스트볼을 이용해서 땅볼을 유도했다.

예상하지 못했던 장타를 허용하며 8회에 1실점을 하고 말았지만 이미 승부의 추는 완벽하게 기울어져 있었다.

8회 말 수비를 마치고 더그아웃으로 들어오니 게레로 감독이 수고했다며 내 어깨를 두드려 주었다.

투구수나 체력적으로나 9회 말까지도 공을 던질 수 있었지만, 교체를 순순히 받아들였다.

이미 승부가 난 경기였기에 무리를 할 필요가 전혀 없었다.

최종 스코어는 1 대 7.

6점 차의 대승으로 LA 다저스는 처음으로 챔피언스 리그 결승 진출을 이뤄냈다.

그리고 다음 날 벌어진 LA 에인절스와 샌프란시코 자이언츠의 준결승 경기는 LA 에인절스의 승리로 끝나며 LA 지역 전체의 축제로 이어졌다.

지역 라이벌인 다저스와 에인절스의 챔피언리그 결승은 광장한 혈전이 될 것이라는 사람들의 기대대로 1차전부터 아주 팽팽하게 이뤄졌다.

양 팀 선발 투수들은 상대팀 타선을 막기 위해 혼신의 힘을 다해서 공을 던졌고, 타자들은 어떻게든 점수를 내기 위해 집중력 있는 모습으로 타격을 했다.

5회까지 팽팽하게 맞서던 승부의 추를 한쪽으로 기울인 건 누구도 예상하지 못했던 다저스의 선발 투수 딜런 아담스였다.

5회 다저스의 공격은 상당히 뜨겁게 진행됐다.

선두 타자인 데니스 플린이 몸 쪽 공을 당겨 치면서 안타를 만들어내는 것부터가 시작이었다.

선두 타자에게 안타를 맞은 에인절스의 선발 투수 핸리 샌더스는 트라웃을 상대로 볼넷까지 내주면서 무사 1, 2루 상황을 만들어 스스로를 궁지로 몰아넣었다.

이어진 빌 맥카티를 삼진으로 잡아내며 잠깐 숨을 돌렸지만, 미치 네이가 행운의 내야 안타를 터뜨리면서 기어이 만루 상황이 만들어지고 말았다.

1사 만루 상황에서 타석에 들어선 건 루이스 토렌스였다.

8구까지 가는 접전을 벌였지만, 결국 삼진을 당하며 뜨거웠던 분위기에 찬물을 끼얹었다.

절호의 기회를 잡고도 점수를 내지 못하면 오늘 경기가 무척이나 꼬일 수 있다는 걸 알았지만, 게레로 감독으로서는 잘 던지고 있는 선발 투수 딜런 아담스 대신 대타를 기용할 수가 없었는지 그대로 타석을 이어갔다.

당연히 대타를 생각하고 있었던 핸리 샌더스는 의외로 9번 타자로 딜런 아담스가 타석에 서자 안도의 미소까지 지어보였다.

솔직히 이때까지만 하더라도 나는 게레로 감독을 결정을 이해할 수가 없었다.

아무리 딜런 아담스가 잘 던지고 있는 중이라 하더라도 5회였으니 형수나 다른 타자를 대타로 기용할 만도 했으니까.

그렇게 아쉬움 속에서 핸리 샌더스와 딜런 아담스의 투타 대결이 시작됐다.

핸리 샌더스는 초구부터 강력한 패스트볼을 던지며 딜런 아담스를 압박했다.

아직 체력이 충분한 5회였기에 핸리 샌더스의 패스트볼 구속은 97마일을 넘나들었다.

딜런 아담스 입장에서는 쉽게 칠 만한 공이 절대 아니었고, 순식간에 투 스트라이크가 됐을 때 다저스 더그아웃의 선수들은 너 나 할 것 없이 가망이 없다고 생각했다.

모두가 포기했을 때, 2개의 유인구를 가까스로 참아낸 딜런 아담스가 5구로 던진 핸리 샌더스의 낮게 깔리는 포심 패스트볼을 그대로 쳐 올릴 줄은 아무도 예상하지 못했다.

타구는 쭉쭉 뻗어나가 가장 깊숙한 외야 펜스를 맞췄고, 투 아웃 상황이었기에 타격음이 터지는 순간 모든 주자들이 홈을 향해 미친 듯이 내달렸다.

3루 주자 데니스 플린에 이어서 2루 주자 마이크 트라웃이 홈으로 들어왔고, 1루 주자였던 미치 네이는 3루까지 달리면서 순식간에 경기장 분위기를 아주 뜨겁게 달궈 버렸다.

2루타를 터뜨리고 양팔을 번쩍 들며 좋아하는 딜런 아담스를 향해 모든 선수들이 크게 박수를 쳐 주었고, 다저스의 팬들 또한 한목소리로 그의 이름을 부르며 환호했다.

가장 만만한 선발 투수에게 2타점 2루타를 맞은 핸리 샌더스의 제구가 흔들리는 건 당연한 결과.

따악!

던컨 카레라스의 타구가 우중간 담장을 넘기며 쓰리런홈런이 터졌고, 그렇게 승부에 확실한 도장을 찍었다.

IBAF 챔피언스 리그 결승 1차전은 LA 다저스의 승리로 끝이 나면서 다저스의 클럽 하우스 분위기는 최고조를 찍었다.

"3차전까지 갈 것 없이 2차전에서 끝냈으면 한다."

클럽 하우스에서 게레로 감독이 그렇게 말했다.

모든 선수들의 시선이 한 사람에게 향했다.

"괜찮겠나?"

게레로 감독의 물음에 나는 고개를 끄덕이며 대답했다.

"해보겠습니다."

등판일보다 하루가 앞당겨졌지만, 몸 상태는 충분히 마운드에 올라갈 수 있을 정도였기에 아무런 문제가 없었다.

그렇게 LA 에인절스와의 결승 2차전의 날이 밝았다.

"낄끔하게 오늘 경기 끝내고 올스타전까지 푹 쉬사!"

"그래야지."

"오늘은 내가 정말 제대로 한 방 칠 테니까 믿어봐."

형수의 말에 가볍게 웃음을 흘리곤 경기장으로 향했다.

*　　　*　　　*

"정말 괜찮겠습니까?"

맥브라이드 단장은 살짝 걱정스럽다는 표정으로 게레로 감독을 바라보고 있었다.

"선수 본인이 괜찮다고 했으니 믿고 맡겨볼 생각입니다."

"분위기상 어쩔 수 없이 대답한 것 아니겠습니까?"

게레로 감독이 그럴 리가 있겠냐는 듯 단호하게 고개를 저었다.

"제가 지금까지 지켜봐온 척은 그렇게 무모한 선수가 아닙니다. 순간의 감정에 휩쓸려 자신의 몸을 망칠 어리석은 선수가 아니니 단장님께서도 믿어보시는 게 어떻겠습니까?"

"그건 그렇지만……."

차지혁이 어떤 선수인지 맥브라이드 단장도 잘 알고 있었기에 게레로 감독의 말에 수긍은 갔다. 하지만 걱정이 가시지 않는 것 또한 사실이다.

3일을 쉬었다.

로테이션 주기를 생각했을 때, 하루가 부족한 휴식이었다.

투수의 몸이 얼마나 예민한지 잘 알고 있는 맥브라이드 단장으로서는 아무리 생각을 해도 게레로 감독이 성급한 결정을 내린 것이 아닌가 하는 우려가 깊을 수밖에 없었다.

'정말 괜찮은 걸까?'

챔피언스 리그 우승은 맥브라이드 단장으로서도 무척이

나 바라는 일이다.

11회 대회가 될 때까지 단 한 번도 우승을 하지 못한 LA 다저스로서는 자존심이 상하는 일일 수밖에 없었다. 그렇지 않아도 월드 시리즈 우승을 40년 동안이나 못 하고 있어 조롱의 대상이 되고 있는 다저스였기에 일부 팬들 사이에서는 우승에 대한 저주가 씌었다고 불릴 정도였다.

그래도 챔피언스 리그 우승을 위해 차지혁이라는 슈퍼 에이스를 망칠 순 없었다.

현재 진행 중인 종신 계약이 성사되기만 한다면 차지혁으로 인해 앞으로 몇 번이나 우승을 노려볼지 생각만으로도 흐뭇했는데, 고작 한 번을 위해 그에게 부담을 준다?

'절대 그럴 순 없지!'

더욱이 오늘 경기에서 패배한다 하더라도 내일 경기가 남아 있었다.

차라리 안정적으로 차지혁을 내일 경기에 선발로 등판하는 게 맥브라이드 단장으로서는 합리적이라 생각 들었다.

"아무리 생각해도 이건 아닌 것 같습니다. 오늘 패배한다 하더라도 내일이 남아 있으니 선발 투수를 교체하는 게 좋겠습니다."

맥브라이드 단장의 말에 게레로 감독의 표정이 딱딱하게 굳었다.

선수 기용에 대한 권한은 온전히 감독만의 권한이다.

아무리 단장이라 하더라도 선발 투수를 교체하라고 지시를 내릴 순 없었다.

"그렇게 할 순 없습니다."

"게레로 감독님, 이건 성급하게 생각할 문제가 아닙니다. 누가 봐도 이성적인 판단입니다. 만에 하나라도 그에게 문제가 생긴다면 그 책임을 감당할 수 있겠습니까?"

맥브라이드 단장의 말에 게레로 감독도 움찔했다.

감당하지 못한다.

만약, 오늘 경기에서 게레로 감독이 고집을 부려 차지혁에게 문제라도 생긴다면?

끔찍했다.

상상만으로도 온몸에 소름이 돋을 정도로 두려웠다.

걱정과 우려가 머릿속을 맴돌자 당당했던 자신감이 급격하게 위축되었다.

'단장의 말대로 오늘 패한다 하더라도 내일이 있는데.'

어제 분위기에 휩쓸렸다는 걸 인정할 수밖에 없었다.

혹시라도 오늘 경기에서 에인절스에게 패배해서 분위기가 넘어가면 3차전에 대한 확신을 가질 수 없었기에 성급하게 차지혁을 2차전 선발로 올리겠다 결정을 내린 거다.

"개인적으로 전 감독님을 존경합니다. 그리고 지금까지

다저스의 선수들을 아주 훌륭하게 이끌어 오셨다고 생각합니다. 감독님께서 앞으로도 다저스를 이끌어 나갔으면 하는 게 제 개인적인 바람입니다. 한순간의 실수로 모든 걸 잃어버리셔야 되겠습니까?"

"…제가 성급했다는 걸 인정하겠습니다."

"역시 감독님이십니다."

맥브라이드 단장의 얼굴이 그제야 환하게 펴졌다.

*　　　*　　　*

경기가 시작되기 3시간 전, 한창 몸을 풀고 있던 나에게 게레로 감독이 찾아왔다.

오늘 경기 선발 등판 취소라는 말을 듣고 게레로 감독의 생각이 무엇인지 단번에 알아 차렸다.

어제 분위기에 이끌려 성급한 판단을 내렸다고 생각이 들기는 했다.

그런 걸 알면서도 몸 상태가 괜찮았기에 이왕지사 상승세를 탄 분위기를 이끌고 2차전에서 대회를 끝내 버리고 싶은 개인적인 욕심을 부린 것 또한 사실이다.

오늘 등판에 맞춰서 컨디션까지 다 끌어올렸으니 강짜를 한 번 부려볼까 하는 마음이 살짝 들었지만, 이내 게레로 감독의 말대로 순순히 내일 등판을 준비하기로 했다.

'설마, 오늘 경기로 끝나려나?'

오늘 LA 다저스가 승리하면 내일 경기는 존재하지 않으니 살짝 아쉬운 마음도 들었다.

"갑작스럽게 선발로 등판할 수 있는 투수가 있습니까?"

어제 클럽 하우스에서 모든 선수들이 모여 있는 자리에서 나에게 선발 등판을 요구했으니 다른 선발 투수의 몸 상태가 준비가 되었을지 의문스러웠다.

"그리핀이 등판하게 될 걸세."

포스터 그리핀이라면 챔피언스 리그에서 선발로 등판한 적이 없었다.

일정은 짧지만 중간중간 휴식일이 존재하는 챔피언스 리그의 특성상 1, 2, 3선발 투수만으로도 대회를 꾸려가기엔 크게 지장이 없었기 때문이다.

덕분에 나와 딜런 아담스, 존 로더키가 번갈아가며 챔피언스 리그 선발 투수로 마운드에 올랐고, 포스터 그리핀과 나단 코스코는 단 한 차례도 챔피언스 리그 마운드에 올라간 일이 없었다.

충분히 기분이 상할 만한 일이지만, 단기전의 특성상 우선순위에서 밀려나 있는 선발 투수들로서는 어쩔 수 없이 받아들여야만 하는 일이었다.

'포스터 그리핀으로서는 기회겠네.'

게레로 감독의 지시로 인해 언제든 불펜 투수로 등판할 수 있게끔 꾸준히 몸을 풀어놨으니 오늘 갑자기 선발로 등판한다고 해서 문제가 생길 일은 없을 것 같기도 했다.

"혼란을 줘서 미안하네. 오늘 경기를 지켜보면서 내일 벌어질지도 모르는 경기를 대비하도록 하게."

게레로 감독은 그렇게 말을 하고는 바쁘게 자리를 벗어났다.

갑작스럽게 선발 투수가 변경되었으니 거기에 맞는 타당한 이유를 대회 측에 알리고, LA 에인절스 구단에도 알려야 했으니 바쁠 수밖에 없었다.

"갑자기 등판이 취소되니까 뭔가 맥이 빠시는 기분이 든다."

형수의 말에 나 역시 고개를 끄덕였다.

결승 2차전이 시작됐다.

물러설 곳이 없는 LA 에인절스는 선발 투수로 에이스 브라이언 와그너를 마운드에 올렸다.

4강 경기를 건너뛰었기에 휴식을 충분히 취했는지, 마운드에서 공을 던지는 모습 자체만으로도 힘이 넘쳤다.

브라이언 와그너는 1회 초부터 힘 있는 투구로 다저스 타자들의 상승세에 찬물을 끼얹었다.

최대 98마일까지 나오는 포심 패스트볼과 싱커, 슬라이더를 섞어가며 삼진 하나와 땅볼 두 개로 가볍게 1이닝을 마치고 내려갔다.

'쉽지 않겠네.'

경기를 지켜보면서 든 생각이었다.

컨디션이 정말 좋을 때의 브라이언 와그너는 메이저리그 정상급이라 불러도 손색이 없을 정도로 뛰어난 투구를 보였다.

아쉽게도 오늘이 그런 날인 듯 보였다.

공의 무브먼트도 좋았고, 자신 있게 타자를 상대로 공을 던지는 모습이 제구력도 잘 받쳐 주는 날인 듯싶었다.

1회 말 다저스의 수비를 하기 위해 포스터 그리핀이 마운드에 올랐다.

확실히 체력적으로는 아무런 부담이 없는 듯 힘 있게 공을 던지고 있었지만, 문제는 경기 감각이었다.

무려 22일 동안 휴식기를 가졌다.

로테이션에 맞춰서 등판하다 보니 6월 27일 시카고 컵스와의 시즌 경기를 끝으로 시합에 투입된 적이 없었다.

아무리 자체 연습과 개인 훈련을 꾸준히 하면서 몸을 관리했다고 하지만 경기와는 분명 다르다.

이런 우려대로 포스터 그리핀은 1회 말, 선두 타자부터 볼넷을 내주며 불안한 출발을 보였다.

"힘이 너무 들어간 것 같지 않아?"

케럴 발렌타인이 내 곁에서 그렇게 말했다.

미치 네이가 부상에서 회복되면서부터 경기에 출장하는 시간이 대폭 줄어든 케럴 발렌타인이다.

나름 괜찮은 성적을 유지하고 있었기에 다저스 내에서도 그에 대한 평가가 꽤 높아져 차기 1루수로 내정될 가능성이 무척이나 높았다.

하지만 구단에서 차기 1루수로 내정했다 하더라도 선수 본인이 경기에 출장하는 시간이 줄어들면 초조해질 수밖에 없다.

경기 감각을 유지하지 못하는 게 가장 큰 문제였고, 그로 인해 성적이 하락한다면 구단의 시선이 다른 곳으로 자연스럽게 돌려질 수밖에 없었으니 선수로서는 당장 한 경기라도 더 뛰는 게 어찌되었든 이득인 셈이다.

"아무래도 좀 그렇겠지."

어쩌면 나보다 케럴 발렌타인이 현재 마운드에 서 있는 포스터 그리핀의 심정을 가장 잘 알고, 이해하고 있을 거다.

작년까지만 하더라도 3선발이었는데 올 시즌 4선발로 밀려나면서 챔피언스 리그에서 완전히 외면을 받고 있었으니까.

결승전인 오늘 같은 경기에서 자신의 가치를 확실하게 입증하고 싶을 테지.

따악.

안타가 터지면서 순식간에 무사 1, 3루의 상황이 되고 말았다.

마운드에서 공을 만지작거리는 포스터 그리핀의 얼굴이 밝을 수가 없었다.

그런 포스터 그리핀의 얼굴은 다음 타자에게 2루타를 맞으면서 완전히 일그러졌다.

"힘드네."

케럴 발렌타인이 안타까운 표정으로 포스터 그리핀을 바라보고 있었다.

아웃카운트를 하나도 잡지 못한 상황에서 2실점을 해버리고 주자마저 또다시 득점권인 2루에 두고 있었으니 포스터 그리핀의 마음이 어떨지 충분히 공감이 갔다.

4번 타자에게는 볼넷을 5번 타자와 6번 타자를 내야 뜬공과 삼진을 잡아내며 그나마 안도의 한숨을 내쉴 수 있게 됐다.

"스트라이크! 타자 아웃!"

몸 쪽으로 바짝 붙인 패스트볼에 주심이 스트라이크를 선언했고, 타자는 납득할 수 없다는 표정과 몸짓으로 주심에게 억울하다는 듯 항변을 했지만, 이미 다저스의 수비수들은 빠르게 더그아웃을 향해 달려왔다.

"수고했어요."

비록 2실점을 하긴 했지만, 그나마 거기서 그친 게 다행이었다.

포스터 그리핀 역시도 내 말에 고개를 끄덕이며 한결 밝아진 표정으로 자리에 앉아서 음료수를 들이켰다.

1회 2점은 아직까지 남아 있는 이닝을 생각했을 때, 타자들에게 큰 부담이 되는 점수는 아니다.

하지만 다저스의 타자들은 니 나 할 것 없이 표정이 경직되어 있었다.

그 첫 번째 이유로는 상대 선발 투수 브라이언 와그너의 컨디션이 너무 좋다는 사실이다. 저렇게 좋은 컨디션으로 투구를 하는 선발 투수에게 2점 이상을 뽑아내기란 여간 어려운 일이 아니다.

두 번째는 포스터 그리핀의 불안한 출발이다.

선발 투수가 불안한 출발을 할 때, 바로 잡아주는 역할을 할 수 있는 건 바로 타자들이다.

별다른 것은 없다.

점수를 많이 내주면 선발 투수로서는 1, 2실점에 부담 갖지 않고 편안하게 자신의 공을 던질 수 있기 때문이다.

결국, 부담감이 큰 타자들로서는 경기를 풀어나가기 쉽지 않았다.

'특별한 상황이 발생하지 않는 이상 오늘 경기는 희망적이지 않겠어.'

그리고 경기는 예상대로 흘러갔다.

브라이언 와그너는 7이닝까지 무실점으로 완벽한 투구 내용을 이어갔다.

피안타를 5개나 맞기는 했지만, 득점과는 아무런 관계가 없는 단발성 안타들이었다.

그렇게 브라이언 와그너가 호투를 벌이는 동안, 포스터 그리핀은 5회에 마운드를 내려가고 말았다.

4.2이닝 6실점.

선발 투수의 역할을 전혀 해주지 못했다.

마운드를 내려온 포스터 그리핀은 다른 누구도 아닌 스스로에게 너무나도 실망한 듯 더그아웃에서 글러브를 내던지며 자기 자신에게 극도로 화를 냈고, 결국은 경기를 끝까지 지켜보지도 않은 채 더그아웃을 떠나 버렸다.

"지난 4년 동안 그리핀이 저렇게까지 화를 내는 걸 본 적이 없었는데… 무척이나 실망한 모양이야."

"그런가요?"

"응. 척, 너도 알다시피 그리핀은 성격이 온화한 편이잖아. 웬만해서는 저렇게까지 화를 내지 않는데… 아마도 오늘 경기가 자기 뜻대로 전혀 풀리지 않아서 굉장히 화가 난 것 같아. 하긴, 그럴 만도 하지. 챔피언스 리그에선 완전히 밀려서 벤치에만 앉아 있었던 데다가 오늘 같은 기회를 이렇게 무기력하게 날려 버렸으니."

토렌스의 말에 나 역시 그 점은 충분히 이해가 됐다.

그렇지 않아도 일부 팬들 사이에서는 포스터 그리핀과 나단 코스코를 대체할 수 있는 선발 투수를 새롭게 키워야 하는 것 아니냐는 말이 꽤 나돌고 있는 중이었다.

전반기 포스터 그리핀이 4승, 나단 코스코가 5승을 기록하고 있었지만 평균자책점이나 경기 내용을 자세하게 들여다보면 다저스 타자들의 도움이 아니었다면 2승 정도는 반납해야 할 정도로 좋지 못했다.

내가 18승, 딜런 아담스가 11승, 존 로더키가 9승으로 전반기를 마쳤으니 확실히 4, 5선발의 힘이 얼마나 떨어져 있는지가 확연하게 차이가 날 수밖에 없었다.

"그러고 보니까 척, 네가 없는 사이 어쩌면 일이 벌어질 수도 있겠네."

"일이요? 무슨 말이에요?"

"올림픽 대표팀 차출로 네가 8월에 팀을 떠나 있어야 하잖아?"

"그렇죠."

"네 자리를 대체할 수 있는 투수는 없지만, 어쨌든 로테이션은 돌려야 하니까 마이너리그에서 선발 투수 하나를 올려야 할 것 아냐?"

"그렇겠죠."

"그렇게 올라온 선발 투수가 좋은 활약을 하면 어떻게 되겠어?"

"아."

토렌스의 말이 무슨 뜻인지 이해가 갔다.

"요즘 마이너에서 꽤 잘 던지고 있는 선발 투수가 두 명이나 있다고 하더라고. 한 명으로는 어쨌든 불안하니까 게레로 감독으로서는 두 명 모두 올려달라고 해서 시험해 보지 않겠어? 내가 감독이라면 충분히 그럴 것 같은데."

나 역시 마차가지다.

더욱이 다저스는 꾸준히 투수 유망주가 많은 팀으로 유명했다.

마이너리그에서 착실하게 선발 수업을 쌓은 유망주들이 메이저리그에 올라와서 자신의 기량을 충분히 발휘한다면 게레로 감독으로서도 4, 5선발에 대한 자리를 얼마든지 경쟁으로 돌려 버릴 가능성이 있었다.

따— 악!

"아무래도 내일 척, 네가 경기를 끝내야 할 것 같군."

좌중간 담장을 넘어가는 타구를 바라보며 토렌스의 말에 쓴웃음을 지었다.

경기 최종 결과는 7점 차의 LA 다저스의 대패.

1차전에서 맛봤던 승리의 달콤함 때문에 2차전의 패배가 더욱더 쓰게 느껴졌다.

그렇게 챔피언스 리그 결승전은 3차전으로까지 이어졌고, LA 다저스의 우승은 결코 쉽게 이뤄지지 않는다는 걸 다시 한 번 증명하고 말았다.

*   *   *

쐐애애애액!

퍼— 어엉!

"스트라이크!"

아랫입술을 잘근잘근 씹으며 나를 노려보는 타자를 무시하고 로진백을 손에 묻혔다.

하루를 더 휴식했기에 확실히 몸 상태는 더 좋았다.

선발 투수의 몸은 일정한 주기에 맞춰서 리듬을 타기 때문에 웬만해서는 그걸 지켜주는 게 좋다. 물론 어제 마운드에 올랐어도 컨디션은 나쁘지 않았겠지만 오늘만큼 쉽게 경기를 끌고 나가지는 못했을 거다.

어제와는 전혀 다르게 6회 말 현재 LA 다저스가 4점 차이로 리드를 하고 있었으니까.

선발 투수인 나는 LA 에이절스 타자들을 완벽하게 봉쇄하고 있는 중이고, LA 다저스 타자들은 상대 투수에게서 무려 10안타를 뽑아내며 점수를 올리고 있었다. 열 개나 되는 안타를 때리고도 고작 4점밖에 올리지 못하고 있다는 게 아쉽다면 아쉬울 뿐이었다.

형수의 사인을 받고 잔뜩 웅크리고 있는 타자를 향해 공을 던졌다.

후우욱.

부웅!

"스윙! 타자 아웃!"

12—to—6 커브에 완벽하게 당해 버린 타자는 배트로 바닥을 후려치고는 몸을 돌렸다.

"역시 넌 승률 백퍼센트의 사나이! 승리의 남자라니까! 흐흐흐!"

더그아웃으로 들어가며 형수가 내 옆구리를 툭 치며 웃었다.

"내가 무슨 승률 백퍼센트야? 나 1패 한 거 잊었어?"

"아~ 그랬던가? 거의 다 승리한 거 같아서 까먹고 있었네. 흐흐흐!"

형수의 활짝 펴진 얼굴만큼이나 화창한 7월 21일 금요일에 LA 다저스는 결국 LA 에이절스를 꺾고 제 11회 IBAF 챔피언스 리그 첫 우승을 달성했다.

그리고 놀랍게도 대회 MVP에는 최초로 투수인 내가 수상을 했다.

"챔피언스 리그부터 시작이냐? 시즌 MVP에다가 사이영상도 거의 확정적이니 벌써 삼관왕이네. 욕심 많은 놀부 같은 놈!"

트로피와 상금을 받고 돌아오는 내게 형수가 그렇게 툴툴거렸다.

"오늘 고기 사줄게."

"최고급 한우 꽃등심으로!"

"그러든지."

일정을 마치고 밥을 먹으려고 나가니 일찌감치 집으로 돌아간다고 했던 모든 다저스 선수들과 감독, 코치들이 한자리에 모여 있었다.

"상금 100만 달러 모조리 털어버리자!"

형수의 외침에 동료 선수들이 하나같이 왁자지껄 떠들며

환호성을 내질렀다.

모든 게 형수의 계획임을 알았지만 함께 고생하며 우승을 한 팀 동료와 감독, 코치에게 지금까지 변변한 식사 대접 한 적이 없었기에 기꺼이 그들을 모두 데리고 식당으로 향했다.

"오늘처럼 기쁜 날 내가 빠질 수가 없겠더군. 혹시 내가 못 올 곳에 온 건 아니겠지?"

한창 식사 중인 자리에 거물이 나타났다.

LA 다저스의 마크 앨런 구단주와 맥브라이드 단장이었다.

구단주의 등장에 나는 살짝 웃으며 생각했다.

'돈 굳겠네.'

설마 천문학적인 재산을 가진 마크 앨런 구단주가 나 같은 서민에게 얻어먹지 않겠지?

Chapter 4

2회 연속 올스타 투표 1위.

작년에 이어서 올해도 올스타 팬 투표에서 압도적으로 1위를 달성하며 2년 연속 올스타에 뽑혔다. 하지만 아쉽게도 올스타전에는 출전하지 못했다. 이틀 전, IBAF 챔피언스 리그 결승 3차전에서 선발로 마운드에 올랐었기에 올스타전에는 출전할 수가 없었다.

내셔널리그 올스타 팀과 아메리칸리그 올스타 팀의 대결은 아메리칸리그의 승리로 끝이 났다.

특히 아메리칸리그 올스타에 뽑힌 마이크 테일러는 이날

연타석 홈런을 터뜨리며 팀을 승리로 이끌었고, MVP에도 선정됐다.

많은 사람들이 말을 한다.

메이저리그에 새로운 세대교체가 이뤄지고 있다고.

투수 쪽에서는 단연 나를 손꼽았고, 타자 쪽에서는 마이크 테일러를 지목했다.

물론 아직까지 서른이 훌쩍 넘고도 전성기를 유지하고 있는 스타 선수들이 즐비했지만, 언제나 팬들은 새로운 스타가 탄생하길 바라고 그들이 최대한 젊어서 오랜 시간 메이저리그에서 활약을 해줬으면 한다.

그런 면에서 봤을 때, 나와 마이크 테일러는 모든 조건을 충족시켜 줄 수 있는 선수였다.

같은 년도에 본격적으로 메이저리그에 데뷔를 했고, 나란히 신인상을 수상했으며, 리그 정상급의 투수와 타자로 자신의 능력을 뽐냈다.

거기에 2년 차 징크스 따윈 없다는 듯 최고의 활약을 펼치고 있었으니 메이저리그 팬들 입장에서는 즐거울 수밖에 없었다.

일부 팬들은 우리 두 사람이 같은 리그에서 수시로 맞대결을 벌이길 원하고 있었지만, 나 같은 경우에는 LA 다저스를 떠날 생각이 전혀 없었고 마이크 테일러 역시 수많은 이적 요청에도 불구하고 토론토에 잔류한 것을 보면 아직까지는 이적에 대한 생각이 없는 듯 보였다.

하지만 언젠가는 분명 우리 두 사람이 같은 리그에서 질리도록 대결을 펼칠 것 같다는 느낌이 들었다.

올스타전이 끝나고 29일, 메이저리그 후반기 일정이 시작됐다.

LA 다저스의 후반기 첫 번째 상대는 지구 1위 자리를 위협하고 있는 샌디에이고 파드리스였다.

챔피언스 리그에 참여하며 체력적으로 많은 부담감을 느껴야만 하는 다저스 선수들과 다르게 샌디에이고 파드리스 선수들은 4주간의 긴 휴식 기간을 통해 전반기에 소모했던 체력을 완벽하게 충전할 수 있었다.

양 팀의 선발 투수는 나와 맥스 프리드였다.

전반기 13승을 거둔 맥스 프리드였기에 결코 만만한 상대는 아니었다.

물론 세부적인 기록을 살펴보면 팀 타선이 워낙 막강했기에 승수를 쌓을 수 있었던 경기가 3경기나 됐지만, 그렇다고 맥스 프리드가 난타를 당하고도 승리를 챙긴 경기는 없었기에 여전히 그는 샌디에이고 파드리스의 믿음직한 에이스였다.

경기 초반부터 맥스 프리드는 힘 있게 공을 던져 댔다.

패스트볼 구속도 잘 나왔고, 변화구의 무브먼트도 무척이나 위협적이었다.

유일한 희망이었던 경기 감각도 4주나 쉬었던 선수가 맞는지 의심될 정도로 뛰어났다.

1회부터 5회까지 다저스 타자들은 속수무책으로 맥스 프리드에게 끌려가며 단 하나의 안타만을 때려냈다.

"스윙! 타자 아웃!"

다저스 타자들만큼이나 샌디에이고 파드리스의 타자들 역시 5회까지 무기력한 모습으로 연신 등을 돌렸다.

챔피언스 리그 결승 3차전이 있었던 21일 이후 어제까지 꾸준하게 휴식을 취하며 체력을 보충한 나 역시 맥스 프리드에 전혀 밀리지 않는 투구를 이어갔다.

애초부터 오늘 경기가 팽팽한 투수전이 될 것이라는 전망이 있었기에 딱히 놀라울 것도 없었다.

특히 내 경우에는 오늘 경기와 다음 선발 경기가 있는 4일 피츠버그 파이리츠 전을 끝으로 보름 이상 팀을 떠나 있어야 했기에 반드시 승리투수가 되고 말겠다는 의지가 무척이나 강한 상태였다.

샌디에이고 파드리스라는 강적이 지구 1위를 위협하는 상황 속에서 에이스의 부재는 분명 치명타가 될 수 있었기에 떠나기 전, 1승이라도 더 추가해야만 한다는 사명감마저도 들었다.

개인적인 승수를 쌓기 위함이 아닌 순수하게 팀을 위한 승리의 갈망인 거다.

"오늘 공 진짜 죽인다! 이대로 쭉 가자!"

형수의 말처럼 오늘 컨디션은 무척이나 좋았다.

샌디에이고 파드리스의 강타자들을 상대로 5회까지 2개의 안타밖에 맞질 않았으니까.

물론 맥스 프리드에 비하면 피안타가 하나 더 많았지만, 냉정하게 평가해서 다저스의 타선과 파드리스의 타선이 갖고 있는 무게감은 비교가 되지 않았다.

팽팽하던 투수전에서 첫 번째 기회는 LA 다저스에게 먼저 주어졌다.

5회까지 완벽에 가까운 피칭으로 다저스 타자들을 압도했던 맥스 프리드는 6회 초, 선두 타자 빌 맥카티에게 빗맞은 안타를 내주면서 두 번째 피안타를 허용했다.

잘 던진 커브가 운이 없었을 뿐이었다.

모두가 그렇게 생각하며 빗맞은 안타를 대수롭지 않게 여겼다.

주자를 1루에 둔 상황에서 오늘 경기 두 번째 타석에 들어선 나는 게레로 감독의 지시대로 착실하게 희생번트를 갖다 댔다.

맥스 프리드가 위협적인 몸 쪽 공을 던져 가며 내 번트를 어떻게든 훼방놓으려고 했지만, 팀 승리에 대한 내 열의를 막을 순 없었다.

무사히 희생번트를 대고 더그아웃으로 돌아와 1번 타자 던컨 카레라스와 맥스 프리드의 세 번째 대결을 지켜봤다.

앞선 두 타석에서 삼진 하나와 내야 땅볼로 선두 타자로서의 역할을 전혀 해주지 못했던 던컨 카레라스는 독기와 오기로 가득 찬 얼굴로 맥스 프리드의 공을 상대했다. 그렇게 집중력을 발휘한 던컨 카레라스는 결국 8구까지 가는 접전 끝에 볼넷을 얻어 1루로 진출했다.

1사 1, 2루 상황이었지만 2루 주자인 빌 맥카티의 발이 그렇게까지 빠른 편이 아니었고, 무엇보다 2번 타자인 크레이그 바렛과의 상대 전적이 굉장히 앞서 있는 맥스 프리드로서는 크게 긴장할 이유가 없었다.

그렇게 편안하게 투구를 한 결과 상대 전적이 말해주듯 크레이그 바렛에게 외야 뜬공을 얻어내며 아웃 카운트를 늘려갔다.

2사 1, 2루 상황에서 타석에 들어선 건 3번 타자 코리 시거.

전반기 0.314의 타율과 23개의 홈런으로 여전히 좋은 활약을 보여주고 있는 코리 시거는 맥스 프리드와의 상대 전적에서도 크게 밀리지 않았다. 그래서인지 코리 시거를 상대하는 맥스 프리드의 얼굴엔 살짝 긴장감이 감돌았다.

승부는 5구, 바깥쪽 낮게 깔려 들어오는 패스트볼에서 갈렸다.

코리 시거는 욕심 부리지 않고 가볍게 스윙을 했고, 밀어친 타구가 1루수 키를 훌쩍 넘기면서 라인을 따라 외야 깊은 곳까지 굴러갔다.

발이 느린 빌 맥카티는 물론, 타격음이 터지자 질주를 시작한 던컨 카레라스까지 가까스로 홈에 들어오면서 순식간에 2득점에 성공했다.

잘 던지고도 2실점을 해버린 맥스 프리드의 표정이 잔뜩 일그러지는 건 당연했고, 평정심을 잃은 그의 공은 데니스 플린이라는 맹수와도 같은 타자에게 제대로 걸려 담장 밖으로 날아가 버렸다.

5회까지 완벽하게 공을 던지던 맥스 프리드가 한순간에 몰락을 하고 말았다.

그리고 그 모든 것의 시발점이 빌 맥카티의 빗맞은 안타였기에 같은 투수로서 안됐다는 마음이 들면서도 한편으로는 나 역시 언제 저렇게 무너질지 모른다는 경계심을 바짝 세운 상태로 마운드에 올랐다.

신중하게 공을 던졌고, 그 결과 8이닝을 무실점으로 막아내며 마운드를 다음 투수에게 넘겨주었다.

시즌 19승을 달성했으며, 이날 8이닝, 13탈삼진으로 시즌 180이닝과 300개의 탈삼진을 넘겼다. 또한 무실점으로 경기를 마쳤기에 평균자책점이 0.62에서 0.59로 떨어지면서 2년 차 징크스는커녕 종전 기록을 넘어서는 또 다른 전설의 기록이 달성되는 게 아니냐는 언론의 떠들썩한 기사들을 접해야만 했다.

후반기 첫 번째 시리즈이자, 가장 중요하다 할 수 있는 샌디에이고 파드리스와의 3연전은 다저스의 막강 선발 트리오가 모두 호투를 벌이면서 모든 이들의 예상을 깨고 시리즈 스윕을 가져올 수 있었다.

하루 휴식을 취한 후에 피츠버그 파이리츠 원정길에 올랐다.

후반기 시작과 동시에 스윕으로 3연승을 달리는 LA 다저스의 상승세는 피츠버그 원정 첫 번째 경기부터 꺾여 버렸다.

타선은 나름대로 5득점을 하며 체면치레는 했지만, 선발 투수인 포스터 그리핀이 챔피언스 리그 결승 2차전과 비슷하게 경기 초반부터 대량 실점을 허용하면서 4회 만에 무너지고 말았다.

4점 차 패배를 당한 LA 다저스에게 언론과 팬들은 이날 패배의 원인인 포스터 그리핀의 선발 보직에 대한 의문을 드러냈다. 올 시즌부터 급격하게 하락한 기량과 성적은 포스터 그리핀을 날카롭게 비난하고 있었다.

이런 분위기 속에서 다음 날 선발로 마운드에 오른 5선발 나단 코스코는 자신 역시 포스터 그리핀과 처지가 비슷하다는 걸 알기 때문인지 평소보다 긴장한 모습으로 공을 던졌고, 결과는 6이닝 6실점이라는 좋지 않은 성적을 기록하며 마운드를 내려와야 했다.

시즌 후반기부터 확연하게 다저스 선발진의 약점이 드러나고 말았다.

2연패의 사슬을 끊기 위해 4일, 금요일에는 내가 선발로 등판했다.

오늘 경기가 끝나면 곧바로 한국으로 떠나야만 했다.

제34회 부산 올림픽이 개막을 했기 때문이다.

야구 국가 대표팀에 뽑힌 나와 형수는 오늘 경기가 끝나면 곧바로 구단에서 마련해 준 전세기를 타고 한국으로 향한다.

구단 전용기는 마찬가지로 오늘 경기가 끝나는 즉시 신시내티 원정을 떠나야 하는 선수단이 이용해야 했기에 구단주의 특별 배려로 나와 형수 두 사람만을 위한 전세기가 마련된 것이다.

"덕분에 편안하게 한국으로 가겠다. 흐흐."

"그러니까 오늘 경기는 반드시 이겨야지."

"당연한 소리! 깔끔하게 퍼펙트게임, 오케이?"

"퍼펙트든 뭐든 좋으니까 우선은 이기는 데 집중하자."

"그 소리는 퍼펙트게임을 하겠다는 차지혁의 강렬한 의지처럼 들리는데? 좋았어! 오늘 또 하나의 컬렉션이 생기겠구나! 흐흐흐!"

형수의 새로운 취미가 시계 수집이었는데, 원칙은 절대 자기 돈으로 사지 말자였다.

그 말인 즉, 나와 함께 배터리를 맞추면서 퍼펙트게임을 달성할 때마다 내가 선물로 주는 롤렉스 시계를 종류별로 모으겠다는 아주 야심차면서도 황당한 취미인 거다.

아쉽게도 이날 경기에서는 형수의 취미를 충족시켜 줄 수가 없었다.

7이닝 2실점.

너무 이기겠다는 마음가짐이 앞서서인지 아니면 앞 두 경기에서 이미 연승을 내달리며 기세가 올라서인지, 피츠버그 파이리츠의 타자들은 생각보다 집중력 있게 내 공을 공략했고, 그 결과 5회와 7회에 1실점씩 내주고 말았다.

비록 7이닝 2실점을 하고 마운드를 내려왔지만 이미 6점을 뽑아낸 다저스 타자들로 인해 시즌 20승과 팀 승리에는 어떠한 영향도 받지 않았다.

경기가 끝나고 여기저기서 20승 달성 축하 인사를 해주었다.

"축하하네. 자네는 이미 올 시즌 내가 원하는 성적을 모두 달성해 주었네. 그러니 마음에 어떠한 부담도 갖지 말고 올림픽에서 꼭 금메달을 따서 병역 문제를 해결하길 바라겠네. 장기적으로 봤을 때, 자네가 깨끗하게 병역 문제를 해결하는 게 구단 입장에서도 더욱더 값진 일 아니겠나? 하하하."

승리를 해서인지, 아니면 내가 정말 20승을 달성하며 게레로 감독의 구상대로 에이스로서의 역할을 잘해줘서인지 얼굴에서 웃음꽃이 가시질 않았다.

"좋은 결과를 가지고 돌아오겠습니다."

"자네와 한국팀의 실력이라면 충분히 좋은 결과가 있을 거라고 생각하네."

팀 동료들과도 작별 인사를 하고 형수와 함께 공항으로 향했다.

"지혁아, 무슨 일이 있어도 이번에 꼭 금메달 따서 우리 함께 병역 혜택 받도록 하자."

"그래야지."

형수와 함께 올림픽에서 우리를 견제할 수 있는 가장 위협적인 나라가 어디일까 한참 동안이나 이야기를 나누다 보니 어느새 공항에 도착했고, 비행 준비를 모두 마친 전세기를 타고 한국을 향해 힘찬 비행을 시작했다.

* * *

1988년 서울 올림픽 이후, 40년 만에 한국에서 다시 한 번 올림픽이 개최됐다.

대한민국 제1의 항구 도시 부산에서 개최가 된 제34회 부산 올림픽에서 야구 경기는 8월 9일 수요일부터 경기가 시작될 예정이었다.

나와 형수는 인천 국제공항에서 다시 한 번 비행기를 타고 부산으로 향했다.

그렇게 우리는 하루 늦게 대표팀에 합류했다.

"감독님, 오랜만에 뵙습니다. 그동안 잘 지내셨습니까?"

숙소에 도착해서 짐을 풀기도 전에 찾아간 사람은 한국 야구팀을 이끌고 있는 백유홍 감독이었다.

대표팀 감독으로 백유홍 감독이 지휘봉을 잡는다는 소식에 나로서는 당연히 기쁠 수밖에 없었다.

짧다면 짧은 1년의 시간 동안 백유홍 감독 밑에서 프로선수로서 첫 데뷔를 했으니 아무래도 안면이 없는 다른 감독들보다는 훨씬 반가울 수밖에 없었다.

"이제야 내 마음이 다 든든하군. 하하하."

백유홍 감독의 웃음소리에 나 역시 마주 웃었다.

"처음 뵙겠습니다! 장형수라고 합니다! 감독님의 명성은 귀가 따갑도록 들었습니다! 이렇게 만나 뵙게 되어 진심으로 영광입니다! 대표팀 금메달을 위해 이 한 몸 아끼지 않고 경기에 임하겠습니다! 앞으로 잘 부탁드리겠습니다!"

곁에 서 있던 형수가 허리를 반으로 접어가며 깍듯하게 인사를 했다.

"자네의 경기 영상은 잘 봤네. 메이저리그에서 이미 확실하게 자리를 잡아가고 있는 모습만 봐도 이번 대회에서 자네가 얼마나 많은 활약을 해줄지 벌써부터 기대가 크네. 나 역시 잘 부탁하겠네."

"감사합니다! 최선을 다하겠습니다!"

약간 오버스럽기는 했지만, 이런 점 또한 형수의 사회성이라는 걸 알기에 그저 웃고 말았다.

"어제 경기에서도 좋은 피칭을 보여주더군. 딱히 흠잡을 구석은 없어 보이더군. 경기가 끝난 직후 여기까지 바로 왔을 텐데, 몸은 어떤가?"

"아주 멀쩡합니다. 걱정하지 않으셔도 됩니다."

내 대답에 백유홍 감독은 만족스럽다는 듯 고개를 끄덕

였다.

"자네가 갓 고등학교를 졸업했을 때까지만 하더라도 이렇게 빠른 시간에 세계 최고의 투수가 될 줄은 생각하지도 못했었는데… 자네를 무시해서 하는 말이 아니라, 아무리 국내 무대에서 압도적인 모습을 보였다 하더라도 메이저리그인 만큼 어느 정도 적응 기간이 필요할 것이라고 생각했을 뿐이네. 자네가 가진 재능과 실력에 노력이라면 충분히 세계 최고의 투수가 될 거라 믿어 의심하지 않았으니까."

"과찬이십니다. 지금의 제가 있기까지 감독님의 도움이 컸다는 걸 잘 알고 있습니다. 감독님께서 제가 프로 무대에 잘 적응할 수 있도록 배려해 주시지 않으셨다면 지금처럼 빠른 성공은 결코 없었을 겁니다."

"자네도 예전과는 많이 변했군? 그런 말도 할 줄 알고 말이야. 하하하."

백유홍 감독의 놀란 표정과 기분 좋은 웃음소리를 들으며 나 역시 내가 불과 2년 전과는 많이 변했다는 걸 깨달았다.

짧지만 화기애애했던 백유홍 감독과의 만남을 마치고 나온 나와 형수는 곧바로 대표팀 코치들을 일일이 찾아다니며 인사를 했다.

감독만큼이나 코치들과의 유대 관계도 중요했기에 번거

로워도 반드시 예의를 갖춰서 인사를 해놔야 한다는 형수의 주장이 있기도 했고, 나 역시 건방지게 인사도 없이 짐부터 풀 생각은 없었기에 피곤해도 코치들을 찾아다니며 눈도장을 찍었다.

코치들 중 유일하게 아는 얼굴이라고는 송진욱 투수 코치뿐이었다.

백유홍 감독과 함께 대전 호크스에서 대표팀 코칭스태프로 차출된 송진욱 투수 코치는 나를 무척이나 반갑게 맞이했다.

곁에 서 있던 형수가 지루할 만큼 길게 인사를 나누고 나서야 나와 형수는 이미 배정된 숙소에 짐을 풀 수 있었다.

"지혁아, 나가자."

"어딜?"

"선배들한테 인사 다녀야지."

"아."

솔직히 귀찮았다. 아니, 피곤했다.

경기가 끝나고 곧바로 한국으로 오느라 제대로 휴식을 취하지도 못했다.

아무리 비행기에서 잠을 잤다고 해도 불편했고, 피로는 전혀 풀리지 않았다.

피곤한 얼굴로 내가 느릿하게 움직이자 형수가 타이르듯

이 말했다.

"아무리 실력이 좋아도 소문 한 번 돌면 진짜 피곤해지는 곳이잖아. 솔직히 널 깔 수 있는 선배는 없지만, 그래도 최소한의 예의는 지켜야 너도 할 말이 있고, 사실을 알았을 때 사람들도 널 지지해 줄 것 아냐? 안 그래?"

형수의 말이 무조건 맞다.

실력만 믿고 건방지다, 예의가 없다, 잘난 체를 한다 등등 사소한 행동 하나를 얼마든지 부풀려서 소문을 만들어 낼 수 있고, 그런 소문이 덩치를 키워가며 빠른 속도로 퍼지는 곳이 이 바닥이다.

피곤하고 귀찮고 번거로워도 후배로서 해야 할 당연한 행동은 거르지 말아야 했다.

"이게 얼마 만이야? 같은 팀 동료로 만나게 되니 정말 반갑다! 하하하! 난 아직까지도 개막전에서 너에게 삼진을 당했던 일을 꿈에서도 반복하고 있다. 그런 표정 지을 것 없어. 내가 지금까지 야구를 하면서 그때만큼 충격적인 순간이 없어서 그런 것뿐이니까. 1년 동안은 무슨 짓을 해도 삼진만 당하더니 요즘에는 간간히 안타 정도는 치고 있거든. 웃기지? 내 꿈에서도 네게 만신창이가 되고 있으니 말이야. 하하하! 어쨌든 이렇게 한 팀이 되었으니 앞으로 잘해보자.

내 도움이 필요한 일이 있다면 언제든 말하고."

이번 올림픽 대표팀 주장으로 선임된 이규환 선배다.

거구의 이규환 선배는 타석에서 투수를 잡아먹을 것처럼 무서운 표정으로 타격에 임하지만 실제 성격은 무척이나 부드럽고 유쾌하다고 하더니 말투나 표정으로는 확실히 그런 듯싶었다.

이규환 선배는 수년 전부터 국가 대표 4번 타자로 활약을 하고 있는 중이다.

이제는 전성기가 지났다는 말이 슬슬 나오고 있지만, 아직까지도 소속 팀인 대구 블루윙즈에서 4번 타자로서의 역할을 확실하게 해주고 있었기에 이번 대회에서도 팀 4번 타자로서 활약을 할 가능성이 무척이나 높았다.

그나저나 나와의 첫 대결이 그렇게까지 충격적이었던 걸까?

악몽처럼 꿈까지 꿀 정도였다니.

'하긴, 나라도 쉽게 잊을 수가 없긴 하겠네.'

신인 데뷔전, 개막전, 노히트.

무척이나 강렬한 단어들이 한 경기에 모두 속해 있었다.

무엇보다 국가 대표 4번 타자라는 자존심마저 버리고 배트를 짧게 쥐고 어떻게든 타격을 하겠다고 노력했던 이규환 선배를 상대로 162km의 공을 던지면서 삼진을 잡았으니 확실히 그의 프로 인생에 있어 쉽게 잊을 수 없는 기억 중 하나가 될 것은 분명했다.

"안녕하십니까! 만나 뵙게 되어 영광입니다, 선배님! 장형수라고 합니다!"

"어~ 네가 형수구나! 지혁이랑 같이 다저스에서 환상의 배터리로 메이저리그를 씹어 먹는 거 잘 보고 있다. 화면으로 보긴 했지만 실제로 보니까 포수를 보기엔 체격이 굉장히 좋네!"

"칭찬 감사합니다!"

"덩치는 곰 같은 놈이 엄청 싹싹하네. 마음에 든다! 앞으로 잘 지내보자!"

"예! 선배님!"

확실히 형수랑 함께 다니면 비교가 된다.

예전보다 말수도 늘고 최대한 사교적으로 행동하고 있다고 하지만 넉살 좋은 형수 옆에 있으니 티도 나지 않았다.

"오늘 도착한 거지?"

"예! 선배님!"

"감독님과 코치님들은 만나고 왔겠고, 날 찾아온 걸 보면 선배들에게 인사라도 하려고 하는 것 같은데 맞지?"

나와 형수가 그렇다고 대답하자 이규환 선배가 자신이 직접 선배들을 소개시켜 주겠다며 팔을 걷어붙이고 나섰다.

번거롭게 그럴 필요가 없다고 말을 했지만, 모든 팀원들이 친해질 수 있도록 이끄는 것도 주장의 임무라며 끝내 나와 형수를 데리고 다니기 시작했다.

형수는 이규환 선배의 곁에 바짝 붙어서 시시콜콜한 이야기까지 꺼내며 대화를 나누었다.

내 입장에서는 참 무의미한 말이구나 싶었지만, 시간이 지날수록 두 사람이 급격하게 가까워지는 걸 보니 저런 게 바로 사교성이구나 싶은 생각이 들었다.

덕분에 나 역시 간간히 대화에 참여했고, 이규환 선배와 한발 더 가까워질 수 있었다.

"지혁아!"

정현우 선배가 나를 발견하곤 양팔을 흔들며 환하게 웃었다.

"선배님, 잘 지내셨죠?"

"나야 당연히 잘 지냈지! LA에서 보고 이렇게 부산에서 보니까 또 느낌이 다르네. 그렇지 않냐?"

"예. 그러네요."

"짜식! 너 챔피언스 리그 MVP 먹었는데 이 형한테 한턱 안 쏘냐?"

"식사 한 번 하시죠."

"오케이! 오늘 저녁 콜!"

여전히 활기찬 기운이 뻗치는 정현우 선배였다.

그 외에도 많은 선배들과 인사를 나누었다.

나야 몇 명을 제외하곤 대부분 국내에서 경기를 치러봤기에 안면 정도는 있었지만, 형수의 경우에는 소수의 몇 명을 제외하면 대부분 처음 만나는 자리였다. 그럼에도 불구하고 나보다 형수가 선배들과 훨씬 빠르게 친해졌다.

"선배님, 안녕하십니까!"

한창 선배들과 대화를 나누고 있는 사이에 누군가 우렁찬 목소리로 인사를 해왔다.

고개를 돌리니 반가운 얼굴이 눈에 들어왔다.

"국진이구나!"

형수가 가장 먼저 반기워히며 고국진을 끌이안았다.

일석고등학교 1년 후배인 고국진은 고교 시절 나와 형수를 무척이나 잘 따르던 후배 중 하나였다. 포지션도 투수였기에 함께 훈련을 하는 일도 많았고, 1년 후배들 중 국진이가 가장 돋보였기 때문에 자연스럽게 어울리는 일도 많을 수밖에 없었다.

"후배는 보이고 선배는 안 보이는 모양이군."

그제야 나와 형수는 국진이의 뒤쪽에 서 있던 유한석 선배와 홍재석 선배, 황찬 선배의 얼굴을 확인하고는 급히 인사를 했다.

"뭐야? 니들 여기서 일석고 동창회 하냐? 하긴, 여기서 일석고 졸업생이 아닌 사람을 찾는 게 더 빠르겠지."

정현우 선배가 입을 삐죽거리며 우리를 타박했지만, 나만 그것이 장난임을 알곤 태연했고, 나머지 사람들은 당황해서 급히 손사래를 치며 아니라는 변명을 하기에 바빴다.

"장난이야, 장난. 오랜만에 선후배들이 만났는데 편하게 들 회포 풀어라."

그렇게 말을 한 정현우 선배는 나서서 다른 선배들까지도 데리고 다른 곳으로 가버렸다.

결국 나, 형수, 유한석 선배, 홍재석 선배, 황찬 선배, 국진이만 남게 됐다.

현재 국가 대표팀 내에서 일석고등학교를 졸업한 선배는 몇 명이 더 있었다.

다만, 우리 중 가장 선배인 유한석 선배조차 함께 학교를 다닌 적이 없는 너무 먼 선배인지라 대하기 어려울 뿐이었다.

이 중 해외에서 활약하고 있는 사람은 나와 형수, 유한석 선배뿐이었고, 나머지는 모두 국내파였다.

홍재석 선배는 서울 버팔로스의 불펜 투수로 자리를 잡았고, 황찬 선배는 강북 바이킹스의 주전 포수로 활약하고 있었으며, 국진이는 수원 드래곤즈에서 이미 선발 투수 자리를 꿰차고 있었다.

"자식! 2년 만에 선발 투수로 자리를 확실하게 잡았다니, 기특한데?"

고교 시절에도 국진을 꽤 챙겼던 형수였기에 남들보다 확실하게 빠른 성공에 진심으로 축하해 줬다.

확실히 국진이는 스타로서의 싹이 보였던 후배였다.

타고난 재능도 좋았고, 남들 못지않은 노력으로 실력을 꾸준히 쌓았으며, 바른 인성으로 주변의 신뢰를 받았기에 부상이라는 치명적인 악재만 없다면 동기들 중 가장 빠르게 성공할 것이라고는 생각하고 있었다.

"국진이가 아무리 대단해도 세계에서 가장 빠른 성공 가도를 달리고 있는 지혁이 앞에서는 거북이 걸음일 뿐이지."

홍재석 선배가 나를 바라보며 그렇게 말했다.

"난 지금도 가끔 지혁이가 나보다 1년 후배라는 게 믿기지가 않을 때가 있다니까. 한석 선배도 그렇지 않아요?"

"그걸 말이라고 하냐? 내가 아는 사람들한테 지혁이가 나랑 같이 야구했던 후배라고 하면 뻥치지 말라는 소리를 얼마나 들었는지 알아? 너무 유명해지면 과거조차 과거 같지 않게 변한다니까. 내 친구 놈 중 하나는 지혁이가 외계인이라고 믿고 있을 정도다."

황찬 선배의 말에 형수와 국진이가 낄낄거리며 웃었다.

외계인이라니.

난생 처음 들어보는 말이라 살짝 당황스러웠다.

"뻥치고 있네! 외계인이 말이 되냐? 하여간, 너는 학교 다닐 때도 그러더니 왜 이렇게 뻥이 심하냐? 작작 좀 해라."

"뻥 아니라니까! 진짜 지혁이가 외계인이라고 철석같이 믿고 있는 놈이 있다니까! 안 믿기면 내가 당장 전화 걸어서 확인해 줄까?"

"전화해 봐! 어디서 구라를 치고 있어! 당장 해보라니까!"

"딱 기다려! 내가 전화 건다!"

재석 선배와 황찬 선배가 학창 시절 때처럼 티격태격하자 옛날 생각이 새록새록 떠올랐다.

그러는 사이 유한석 선배가 날 바라보며 물었다.

"팔이랑 어깨는 괜찮은 거냐? 고등학교 졸업하면서부터 너무 많은 이닝을 던지고 있는 것 같던데."

유한석 선배의 진심이 담긴 걱정에 나는 웃으며 괜찮다고, 확실하게 관리를 하고 있다고 대답을 해주었다.

"그래. 다저스에서도 널 보물처럼 귀하게 여기고 있을 테니까. 내 괜한 걱정이겠다."

"선배님은 시애틀에서 기회를 얻으셨는데 이렇게 국가대표팀에 차출되어 아쉽진 않으세요?"

내 물음에 유한석 선배는 쓴웃음을 짓기만 했다.

고교 넘버원, 대한민국 국보급 유망주라는 소리를 들으며 야심차게 메이저리그로 직행했지만 아쉽게도 기회는 많이 주어지지 않았고, 어렵게 주어진 기회조차 제대로 살리지 못해서 메이저리그와 마이너리그를 전전해야만 했던 유한석 선배였다.

물론 미국 진출 5년 만에 메이저리그의 선발 자리를 차지했으니 그 역시도 무척이나 빠른 성공이라 부를 만했다.

실제로 미국 내에서도 초특급 유망주가 아닌 이상에야 5년 만에 메이저리그에 자리를 잡기란 쉽지 않은 일이었으니까.

다만 문제는 나였다.

비교 대상이 항상 내가 되어버리니 유한석 선배의 빠른 성공도 더디게 느껴지는 거였다.

"참! 오늘 지혁이가 한턱 쏜다고 했습니다!"

"정말?"

"이야~ 역시 메이저리거는 다르네! 통이 커!"

"선배님! 잘 먹겠습니다!"

내가 형수를 바라보자 히죽 웃고 있었다.

눈알을 이리저리 굴리며 입술을 가만두지 못하는 형수를 바라보니 정현우 선배에게만 저녁을 사려고 했던 계획을 아무래도 확대시켜야 할 것 같았다.

그리고 예상대로 그날 저녁, 본의 아니게 나는 올림픽 대표팀 전체 회식을 책임져야만 했다.

"얼마나 나왔냐?"

말 대신 영수증을 형수에게 보여줬다.

"상금 탄 거 다 털어 먹으려면 올림픽 기간 내내 밥을 사도 부족하겠네!"

형수의 말에 나는 졌다는 듯 고개를 흔들고 말았다.

Chapter 5

　이번 올림픽 야구 출전 국가는 우선 출전 자격을 얻은 한국(개최국), 일본(아시아 1위), 미국(아메리카 1위), 쿠바(아메리카 2위), 네덜란드(유럽 1위)와 올림픽 최종 예선 통과국 대만, 멕시코, 도미니카 공화국까지 총 8개국이었다.

　8개국 풀리그 방식으로 간단하게 모든 나라와 한 번씩 경기를 치러서 상위 4팀을 선정, 4강전을 벌인다. 1위와 4위가 맞붙고, 2위와 3위가 맞붙어서 승자 결승 진출전으로 최종 우승팀을 가려낸다.

　"미국, 일본, 쿠바 그리고 우리나라 대표팀까지 결국 4강전은 이렇게 되겠지?"

형수의 말에 나는 고개를 끄덕였다.

세계 최강국은 역시 미국과 쿠바다.

미국의 경우 올림픽 엔트리 중 고작 열 명 정도밖에 메이저리거가 포함되어 있질 않았지만, 나머지 선수들 역시 메이저리거였거나, 미래의 메이저리거가 될 확률이 무척이나 높은 특급 유망주들로 구성되어 있었기에 단연 세계 최강팀이라 부를 만했다.

쿠바 역시 만만찮다.

아메리카 올림픽 예선에서 미국에 밀려 2위를 차지했다고 하지만 미국을 가장 위협하는 최대 경쟁 국가는 단연 쿠바를 꼽을 수밖에 없다.

비록 메이저리거는 단 한 명도 포함이 되어 있질 않았지만 타고난 야구 DNA 국가인 만큼 어떤 활약을 할지 쉽게 예상을 할 수 없는 강팀이었다.

미국과 쿠바에 이어 4강에 합류할 가능성이 높은 국가는 일본과 한국이다.

미국과 쿠바가 아메리카 최대 라이벌이라면, 일본과 한국은 아시아 최대 라이벌이다.

일본과 한국의 양국 관계는 스포츠와 맞물리면 말 그대로 혈전이 되어버렸기에 수준 차이로는 일본이 약간 앞서 있다고 하지만 막상 시합이 벌어지면 수준 차이 따윈 아무 짝에도 쓸모없는 치열한 경기가 항상 벌어졌다.

특히 일본의 경우 올림픽 야구팀만큼은 항상 최정예로 구성했기에 이번에도 메이저리거와 일본 프로리그에서 활약하고 있는 스타 선수들이 즐비해 있었다. 그렇다 보니 일본은 항상 잠재적인 우승 후보 중 하나였다.

한국 야구 대표팀은 미국, 일본에 비교하면 세계적인 스타 선수들은 턱없이 부족했다.

객관적인 전력 비교를 해보면 분명 한 수, 혹은 그 이상 아래인 한국 대표팀이지만, 언제나 한국 대표팀은 끈끈한 조직력과 투지 넘치는 경기력으로 그 어떤 팀과도 승부를 쉽게 예상할 수 없게 만들어 버리니 미국이나 일본 입장에서는 미칠 노릇일 수밖에 없었다.

그 외에 유럽 최강국인 네덜란드는 프로 리그 출범을 앞두고 있을 정도로 야구 열기가 뜨거운 나라 중 한 곳이었지만 아직까지도 전통적인 야구 강국들 틈바구니에서는 힘을 쓰기가 어려운 실정이라 4강에 대한 희망은 그리 높지 않았다.

대만, 멕시코, 도미니카 공화국의 경우에는 몇몇 특정 선수를 제외하면 엔트리에 포함된 모든 선수들의 평균 수준이 그리 높지 않았기에 4강을 위협할 정도는 되지 못했다.

하지만 어느 팀도 무시할 순 없는 게 야구다.

특히 한국팀의 경우 강팀과는 수준 높은 경기력을 보여주다가도 약체라 평가받는 팀과 어이없을 정도의 형편없는 경기력을 보여주는 경우가 종종 있었기에 매 경기마다 집중력 있는 승부욕을 발휘해야만 무사히 4강에 들 수가 있었다.

"어디 보자."

형수는 경기 일정을 확인했다.

〈제34회 부산 올림픽 야구 경기 일정표〉

9일 : 한국 vs 대만.

10일 : 한국 vs 쿠바.

11일 : 한국 vs 네덜란드.

12일 : 한국 vs 멕시코.

13일 : 휴식.

14일 : 한국 vs 미국.

15일 : 한국 vs 일본.

16일 : 한국 vs 도미니카 공화국.

17일 : 휴식.

18일 : 1위 vs 4위, 2위 vs 3위.

19일 : 3위 결정전, 결승전.

"지혁이 네가 1선발이니까… 쿠바전에는 아마 널 선발로 내세우겠지?"

형수의 말에 나는 어깨를 으쓱거렸다.

"그거야 모르지."

"상황이 어떻게 변할지 모르겠지만, 상대에 따라서 널 18일이나 19일에는 마운드에 올려야 하니까 짧게 4일 휴식일을 준다고 하더라도 어쨌든 9일부터 12일 중 하루를 넣어야 할 텐데 이왕이면 쿠바전에 널 등판시키지 않을까 싶은데… 일정 정말 마음에 안 들어! 9일, 14일에 미국, 일본, 쿠바 이 셋 중 두 나라만 걸렸어도 지혁이 네가 선발로 나서서 승리를 하면 1위도 노려볼 수 있었을 텐데!"

한국 대표팀 경기 일정이 확정되는 순간 모두가 탄식을 내뱉었었다.

형수의 말처럼 최상의 시나리오는 내가 일본, 쿠바, 미국 중 두 나라를 잡으면서 1위를 노려보는 거였는데 현재 확정된 경기 일정은 이것도 저것도 아닌 애매한 상황이 되고 말았다.

18일 혹은 19일을 위해서 나를 아껴둬야 한다면 지금으로서 선택할 수 있는 시나리오는 우선적으로 10일 쿠바전이 최상이었다.

4강에 들기 위해선 5승은 거둬야 한다.

그렇다면 기본적으로 대만, 네덜란드, 멕시코, 도미니카 공화국은 무조건 이겨야 한다는 소리다. 그러니 첫 경기인 대만전이 무척이나 중요했다.

'대만전에서 패배하면.'

모든 것이 어그러진다.

한국팀으로서는 최악의 상황에 직면할 수밖에 없어진다.

현재 한국 대표팀의 선발 투수는 나를 포함해서 유한석 선배, 양동호 선배(광주 피닉스), 공원준 선배(라쿠텐 골든 이글스), 민준후 선배(니혼햄 파이터스)로 결정이 된 상태였다.

백유홍 감독님이 따로 선발 투수들에 대한 우선순위를 두진 않았지만, 이미 내부적으로는 나―양동호 선배―공원준 선배―민준후 선배―유한석 선배 순으로 차례가 정해져 있었다.

하지만 우선순위 따윈 솔직히 아무런 의미가 없었다.

당일 컨디션에 따라 누구든지 마운드에 올라갈 수 있기 때문이다.

그리고 선발 투수라고 반드시 6이닝, 7이닝을 던질 필요도 없었다.

야구 대표팀 엔트리에 포함된 투수는 총 10명.

단기전이었기에 선발 투수들을 제외한 나머지 5명의 투

수들은 매 경기마다 마운드에 올라갈 수 있도록 컨디션을 확실하게 조절하고 있어야만 했기에 선발 투수들의 부담이 시즌보다는 낮았다. 물론 선발 투수가 당일 경기에서 최대한 긴 이닝을 소화해 주면 좋은 건 사실이지만.

형수와 함께 일정에 대해서 이야기를 하고 있을 때, 휴대폰이 울렸다.

액정 화면에 뜬 발신자 이름은 안젤라.

스케줄 때문에 계획보다 하루가 늦었지만, 오늘 중으로 한국에 도착한다고 했던 안젤라였다.

"도착했어요?"

─지금 막 공항에서…….

말을 하던 안젤라의 음성이 다른 누군가의 음성 때문에 묻혀 버렸다.

─오빠! 안젤라 언니는 내가 잘 데리고 부산으로 갈게!

맙소사.

안젤라를 마중하기 위해 공항에 나간 사람이 지아였을 줄이야.

─지아, 잠시만! 척! 지아와 함께 부산으로 갈게요. 부모님들도 함께 있으니 걱정할 것 없어요. 부산에서 만나요!

일방적으로 전화가 끊어져 버렸다.

"안젤라야?"

형수의 물음에 나는 떨떠름한 표정으로 고개만 끄덕였다.

안젤라를 만나고 싶다고 그렇게 난리법석을 떨었던 지아였다.

공항에서 안젤라와 어떻게 만났을지 쉽사리 머릿속에 그려지지 않았다.

무엇보다 안젤라와 지아가 잘 어울릴 수 있을까?

성격적으로는 크게 불협화음을 만들어 내지 않을 것 같기는 했지만, 지아가 워낙 말괄량이라서 걱정이 드는 건 사실이었다.

'잘 어울리겠지? 그래, 그럴 거야.'

몇 번이나 나 스스로를 위안시켜야만 했다.

*   *   *

지아는 무척이나 큰 기대를 가지고 있었다.

도대체 어떤 여자이기에 야구 외엔 다른 곳에 전혀 관심이 없는 오빠의 마음을 사로잡았는지 두 사람이 헤어지기 전에 꼭 한 번은 만나보고 싶었다.

무엇보다 부모님의 마음까지 홀린 여자였다.

'그 얼굴에 그런 성격이라니.'

그녀에 대한 사람들의 평가는 하나같이 다 우호적이었다.

어린 시절 부모님을 사고로 잃었음에도 밝고 활기찬 성격을 가지고 있었으며, 아프리카 아이들을 위해 봉사 활동도 하고 있고, 모델 일을 하면서 유명해졌음에도 불구하고 겸손하고 상냥하다는 주변의 평가는 너무 후했다.

'절대 겉모습에 현혹돼선 안 돼!'

사람은 원래 그렇다.

겉과 속이 다르다는 말처럼 지아는 그녀가 어린 시절 불우했던 삶 속에서 자신을 방어하는 법을 배웠을 거라고 여겼다.

악의가 있어서가 아니라 스스로를 보호하기 위해서 그렇게 자신을 포장하고 있는 거라고 생각했다.

'나라면 분명 그렇게 했을 거니까!'

절대 나쁜 건 아니다. 타인에게 피해를 줄 이유는 없으니까. 다만, 스스로 무척이나 피곤한 삶이 될 수밖에 없다. 하지만 그 대가로 스스로를 보호할 수 있다면 충분히 가치가 있는 일이라고 지아는 생각했다.

지아는 부모님의 관심이 오빠에게만 집중되어 있다는 사실이 무척이나 불만스러울 때가 있었다. 딱히 자신에게 오빠가 잘못한 일이 없음에도 괜히 오빠가 밉게 보였던 때가 잠깐 있었다.

하지만 절대 겉으로 드러낸 적은 없었다. 아니, 그럴 기회조차 주어지지 않았다.

천재라는 소리를 들으며 모든 사람들의 관심을 받는 오빠를 미워하는 모습을 보이면 자신의 모습이 어떻게 비춰질지 알았기 때문이다. 더불어 오빠와 비교되는 자신의 모습이 부모님에게 어떻게 보일지도 두려웠다.

그래서 생각을 바꿨다.

오빠를 미워해선 안 된다고.

그렇지만 마음 한구석에는 언제나 오빠와 비교되는 자신의 모습이 초라하게 느껴질 때가 많았다.

그렇게 초라하게 느껴질 때마다 지아는 꿈을 키웠다. 오빠가 운동으로 성공하는 사람이 된다면 자신은 공부로 성공한 사람이 되겠다고.

단순히 공부만 잘해서는 안 되고 남들처럼 평범한 삶을 살아서도 안 된다고 생각했다.

그러다 인류 역사에 지대한 영향력을 발휘하는 사람들, 과학자의 꿈을 키웠다.

유명한 과학자가 된다면 오빠의 거대한 그늘을 떳떳하게 벗어날 수 있게 될 거라 확신했다.

그렇게 지아는 어렸을 때 열등감을 극복할 수 있는 방법을 찾아내면서 스스로의 자존감을 형성했다.

그런 측면에서 봤을 때, 그녀 역시 비슷할 거라 생각하는 지아였다.

누가 봐도 눈에 띄는 미모는 기본적으로 모든 사람들에게 호감을 준다. 그 미모만 믿고 우쭐함에 세상을 사는 여자들은 하수다. 지아 입장에서는 정말 멍청한 여자들이다.

반대로 미모로 호감을 사고 좋은 성격으로 사람들을 대하는 여자들은 똑똑한 거다. 스스로를 아주 잘 포장하는 사람들이다.

누구나 좋아할 수밖에 없는 여자로서 자신의 존재를 주변에 알리는 거다.

최소한 그녀는 그런 사람이다.

문제는 과연 오빠에게 어울리느냐다.

아무리 자신을 잘 포장하고 좋은 사람처럼 보여도 그 속내에 시커먼 야망이 가득 차 있다거나, 그럴 기미가 보이는 사람이라면 지아는 결사적으로 오빠와 그녀의 사이를 갈라놓을 생각이었다.

'이건 우리 차씨 가문을 위한 일이야!'

여자의 적은 여자다.

잠시 어울려 보면 지아는 분명 그녀의 속마음을 꿰뚫어 볼 수 있을 거라고 자신했다.

"저기 나왔다!"

엄마의 말에 지아는 먹잇감을 발견한 매처럼 그녀를 바라봤다.

하얀색 짧은 반바지에 마찬가지로 하얀 면티 위에 밝은 하늘색 계열의 얇은 재킷을 입고 있는 그녀는 수십 명의 사람들 중 유독 눈에 띄었다.

모델이라더니 역시 평범한 옷차림인데도 불구하고 화보의 한 장면처럼 눈부셨다.

'으으… 외모는 진짜…….'

아주 오랜만에 지아의 내면 깊숙한 곳에 숨어 있던 열등감이 불쑥 치솟았다.

"맘!"

그녀가 환하게 웃으며 엄마에게 달려와 단숨에 안겼다.

'어쭈? 어따대고 맘이야!'

어처구니없다는 표정으로 지아가 그녀를 노려봤다.

그러는 사이 그녀는 아빠와도 포옹을 하며 아주 친근하고 다정하게 인사를 건넸다.

'이 정도면 순도 백퍼센트짜리 꼬리 아홉 개 달린 특급 불여시다!'

"지아?"

마지막으로 그녀가 지아를 바라보며 아주 밝게 웃었다.

그 웃음이 너무 눈부셔서 지아는 아주 잠시 눈을 찡그려야만 했다.

'신은 왜 이렇게 불공평하게 사람을 만든 거야!'

신을 욕하면서도 지아 역시 최대한 밝은 미소와 함께 인사를 했다.

"반가워요, 안젤라 언니! TV로 볼 때보다 훨씬 더 예쁜 것 같아요! 우리 오빠가 한눈에 반할 만한 것 같네요! 비행은 힘들지 않았어요? 무척이나 바쁘다고 하던데 이렇게 시간을 내줘서 정말 고마워요! 앞으로 우리 잘 지내봐요!"

밝은 미소 속에 지아는 안젤라의 모든 것을 모조리 파헤치고 말겠다는 의욕을 활활 불태우고 있었다.

*   *   *

안젤라 관찰기.

1일.

전혀 예상하지 못했던 소탈함에 경악했다.

지에이치 3편이 전 세계적으로 초대박을 치면서 그녀의 인기가 급상승하고 있지만, 그녀는 톱스타라는 이름에 전혀 어울리지 않은 소탈함으로 날 당황시켰다.

우선 명품이 하나도 없다.

들고 있는 가방, 입고 있는 옷, 시계, 구두까지 모든 게 명품이랑은 거리가 멀었다.

아직까지 자신의 위치를 자각하지 못하고 있는 건가?

아니면 애초부터 그런 것에는 관심이 없는 건가?

놀라울 뿐! 그렇게 화려한 연예인의 삶을 살면서 평범한 또래의 여자들과 똑같은 옷과 가방을 들고 다닌다는 사실이 믿겨지지 않는다.

혹시, 일부러 우리 가족을 속이기 위한 작전인가?

나 검소한 여자예요~ 이런 어필을 하려고?

저녁으로 바지락 칼국수를 먹었다.

김치까지 척척 올려가며 맛있게 칼국수 한 그릇을 먹는 모습을 보니 외국인인지 한국인인지 구분이 안 갔다.

주변에서 사진을 찍어대는 걸 알면서도 전혀 의식하지 않고 식사에만 열중하는 모습이… 꽤 굶었나?

잠을 자기 전에 살짝 물었다. 오빠의 어떤 부분이 좋냐고.

그랬더니 그녀의 대답은…….

햄버거를 사줘서 좋단다.

이걸 도대체 어떻게 받아들여야 하는 거지?

2일.

의외로 부지런한 건가?

아니면 그런 모습을 보이려고 하는 건가?

아침 여덟시가 되기도 전에 먼저 일어나 샤워를 하고 머리까지 말리고 가볍게 화장까지 끝낸 후에야 날 깨웠다.

깜짝 놀라서 얼른 화장실로 달려가니 내 얼굴에 눈곱이 보였다. 머리는 미친년처럼 다 헝클어져 있고… 어제 너무 많은 생각을 하느라 늦게 잠을 잔 게 화근이다.

그런데 그녀는 시차 적응도 끝낸 건가?

아침부터 완전히 제대로 한 방 먹었다.

부산에 도착해서 오빠를 만났다.

아주 한 쌍의 바퀴벌레처럼 둘이 좋아 죽는다.

남들이 보거나 말거나 손깍지를 끼고 다니는 모습이 부, 부, 부러… 우면 지는 건데!

사방팔방에서 사진을 찍어대고 귀찮게 따라다니는 데도 두 사람은 눈 하나 깜짝하지 않았다.

오빠도 그렇지만 그녀도 멘탈이 참 갑이다.

오빠가 팀 연습을 위해 떠나고 부모님과 함께 우리는 부산 관광을 시작했다.

곳곳을 돌아다녔지만 지친 기색이 하나도 없다.

오히려 내가 발이 아파서 관광을 그만두고 싶다는 말이 목구멍까지 치밀어 올랐다.

모든 것을 신기하게 바라보는 그녀의 모습이 나는 더 신기했다.

생각 외로 체력도 좋아서 당황스럽네.

3일.

틈이 없다.

3일 동안 눈에 불을 켜고 지켜봤지만 좀처럼 틈이 보이질 않는다.

생각 외로 엄청난 강적이다.

사소한 실수조차 없다니!

엄마랑 아빠한테는 왜 이렇게 잘하는 거야?

이제는 내가 친딸인지, 그녀가 친딸인지 구분이 가지 않을 정도다.

못 먹는 음식도 없고, 귀찮게 따라붙는 날파리 같은 인간들이 무척이나 신경을 쓰이게 만들고 있었지만 전혀 의식하지 않는다.

오히려 한 묶음이 되어 사진 찍히는 내가 더 짜증이 날 정도다.

한국어를 생각보다 잘한다.

엄마와 함께 다니면서 이것저것 물어보며 꼼꼼하게 메모도 하고 녹음도 하면서 발음을 연습하는 모습을 보니 꽤 오랜 시간 노력을 한 것처럼 자연스러웠다.

이 모든 것들이 오빠를 위한 마음이라고 생각하니… 아, 아직 끝난 게 아니다!

끝날 때까지 끝난 게 아니라는 말처럼 이제 고작 3일이 지났을 뿐이다.

반드시 속내를 파헤치고…….

"후우……."

한숨을 내쉬곤 머리를 꾹꾹 누르는 지아였다.

핸드폰으로 작성하던 다이어리 어플을 종료하며 침대에 누웠다.

3일 동안 계속해서 지켜본 안젤라는 단점이 없는 게 단점이었다.

인터넷에 퍼진 소문처럼 친절하고 상냥했으며, 무척이나 활발했다.

곁에 있는 것만으로도 기분이 좋아지는 그런 사람이었다.

"엄마랑 아빠한테도 잘하고, 한국에 대한 문화도 잘 이해하려고 하는 모습을 보면 오빠를 정말 좋아하는 거 같기는 한데."

부지런하고, 소탈하고, 꾸밈없는 모습이 어떻게 저럴 수 있을까 싶었다.

정말 세계적으로 뜨고 있는 스타가 맞는 건지 의심이 갈 정도다.

그리고 얼굴은 또 왜 이렇게 예쁜 건지.

이제는 열등감조차 사라져가고 있었다.

너무 예뻐서 그냥 감탄밖에 나오지 않는다고 할까?

"가슴도……."

지아는 슬쩍 자신의 가슴을 내려다보곤 오만상을 찌푸렸다.

아직 발육이 끝난 건 아니지만 주변 친구들과 비교해 보면 어찌되었든 안젤라급은 될 수 없을 것이 확실했다.

무엇보다 진체적인 몸매의 비율과 비교했을 때, 안젤라는 확실히 인간의 경계를 넘어선 여자였다.

안젤라 정도의 여자라면 외모만으로도 대다수의 남자들이 눈이 뒤집힐 것 같았다. 아니, 안젤라와 함께 다니는 내내 남자들의 눈이 몽롱하게 변하는 모습을 쉬지 않고 확인했으니 오빠가 얼마나 대단한 여자를 여자 친구로 뒀는지 확실하게 깨달았다.

"야구라도 잘하니 다행이지 그것도 아니었으면… 어휴."

자신의 오빠지만, 아무리 생각해도 안젤라와는 급이 달랐다.

세계적인 야구 선수가 됐으니 그나마 같이 어울릴 수나 있는 거다.

"생각해 보니 그러네. 이건⋯ 오빠가 더 부족한 게 많잖아?"

지아가 침대에서 튕기듯 일어나더니 하나씩 생각을 했다.

우선 외모에서는 비교 자체가 굴욕일 정도로 안젤라의 압승이다.

눈부신 여신 옆에 달라붙은 한 마리의 유인원이라고 할까?

예전이라면 모를까, 유명세와 인지도를 따졌을 때에도 안젤라가 더 우위에 설 것이 분명했다.

야구라는 스포츠 종목에 한정된 오빠와 다르게 안젤라는 연예계라는 엄청난 포지션을 갖추고 있었으니까.

경제력 또한 마찬가지다.

아무리 오빠가 많은 돈을 벌어도 세계적인 스타의 수입을 따라가기 힘들다.

미친 척하고 돈을 밝히면서 온갖 스폰서와 광고를 찍어 대면 모를까, 그렇지 않은 이상 이 부분에서도 안젤라가 오빠를 앞지를 가능성이 무척이나 컸다.

물론 유명세와 인지도, 경제력은 예측일 뿐이다.

연예인라는 직업 특성상 잠깐 반짝이다 소리 소문도 없이 사라질 수도 있으니까.

하지만 아무리 생각해 봐도 안젤라가 그럴 가능성은 전무했다.

이것저것 따져 보니 앞으로 오빠가 안젤라에게 매달려야 할 판이다.

"도대체 내가 뭘 한 거지?"

지아는 그제야 깨달았다.

자신이 엄청난 삽질을 하고 있었다는 걸!

"언니~ 안젤라 언니~!"

안젤라를 찾아 나서는 지아의 발걸음이 그 어느 때보다도 경쾌했다.

Chapter 6

"내일 선발은 양동호다."

백유홍 감독의 말에 대부분의 선수들이 그럴 줄 알았다는 듯 고개를 끄덕였다.

나는 이미 10일 쿠바전에 선발로 등판할 것이라는 통보가 있었다.

아무리 생각을 4강을 위해서는 최대한 빠른 시간 내에 나를 선발로 소모해야 했고, 그 상대는 당연히 쿠바가 될 수밖에 없었다.

어쨌든 5승을 거둬야 안정적으로 4강에 합류할 수 있으니 백유홍 감독으로서도 선택의 여지가 없는 셈이었다.

"모두들 알고 있다시피 내일 대만전은 무척이나 중요하다. 우리가 4강에 오르기 위해선 반드시 내일 경기에서 필승을 해야만 한다. 나는 우리 대표팀의 저력이라면 그 어떤 나라의 대표팀과 경기를 펼쳐도 이길 수 있다고 확신한다. 더불어 40년 만에 한국에서 개최된 올림픽 경기다. 한국 최고의 프로 스포츠인 야구 대표팀이 4강에도 올라가지 못하고 탈락하는 망신은 없을 거라고 생각한다. 모두 이 점을 가슴에 새기고 내일 경기에 임해주길 바라겠다."

백유홍 감독의 말처럼 대한민국 최고의 프로 스포츠인 야구 대표팀이 4강의 문턱도 넘지 못하는 일은 없어야 했다.

그건 야구 선수로서 자긍심을 모조리 잃는 것과 다르지 않았다.

소위 말하는 쪽팔려서 얼굴 들고 다니기도 힘들어진다.

다행이라면 이러한 점을 나뿐만 아니라 다른 선수들 역시 모두 똑똑히 느끼고 있다는 점이다.

특히 이번에 어떻게든 군대 면제를 받고자 하는 젊은 선수들의 투지는 대단했다.

그렇다고 나이 많은 베테랑 선배들의 투지가 적은 것도 아니었다. 그들은 그들 나름대로 베테랑으로서의 역할을 하지 못하면 얼마나 망신스러울지 알기에 20대 초반의 젊은 선수들만큼이나 의욕적인 모습을 보이고 있었다.

백유홍 감독의 말이 끝나고 주장인 이규환 선배가 선수들만 따로 불러서 파이팅을 다졌다.

내일 경기에 선발로 출장하는 선수들에게는 자신감과 사명감을 심어줬고, 대기해야 하는 선수들에게는 언제든 팀을 위해 출장할 수 있도록 컨디션을 조절하라는 당부를 했다.

팀 미팅을 마치고 방으로 돌아오니 형수가 침대에 털썩 주저앉으며 말했다.

"이거 은근히 긴장되고 떨리는데?"

형수의 말대로 나 역시 그러한 느낌을 받고 있는 중이다.

웬만해서는 긴장하지 않는 성격이었는데, 이상하게도 내일 경기는 내가 뛰는 것도 아닌데 긴장되고 있었다.

군대 면제 때문에?

물론 어느 정도 연관은 있지만 솔직히 까놓고 말해서 나와 형수처럼 어린 선수들은 아시안게임을 얼마든지 노려볼 수 있었기에 군 면제 해택이 전부는 아니었다.

'국가 대표.'

긴장감의 원인은 바로 국가 대표라는 사실 때문이었다.

대한민국이라는 나라를 대표하는 선수로 경기를 치러야

한다는 점이 부담감을 느끼게 만드는 거였다.

태극마크가 이렇게 무거운 건지 처음으로 알았다. 몇몇 선배들은 수차례나 국가 대표로 활약을 해왔는데, 이런 엄청난 중압감에 익숙해졌을까?

'그럴 리가 없지.'

이건 익숙해질 수 없는 부분이었다.

새삼 몇 번씩이나 국가 대표팀에 승선해서 경기를 치른 선배들이 대단하게 느껴졌다.

"지혁아, 우리 내일 이기겠지? 전력상으로 우리가 대만에게 밀릴 이유가 하나도 없으니까 분명 이길 거야. 그렇지?"

전력상으로 분명 그렇다.

하지만 야구라는 종목은 언제 어떻게 반전이 일어날지 예측할 수 없는 스포츠 중 하나였다.

그저 내일 경기가 잘 풀리기만을, 한국 대표팀 선수들이 평소의 실력만 온전히 발휘하며 불운이 생기지 않기만을 바랄 뿐이다.

띠링.

핸드폰 문자 알림을 확인하니 안젤라가 내일 경기를 보러 경기장에 가겠다고 알려왔다.

다행스럽게도 안젤라는 현재 무척이나 즐거워하고 있

었다.

부모님, 지아와 함께 부산 곳곳을 관광하거나 올림픽 경기를 관람하며 즐거운 시간을 보내고 있었다.

내 생각보다 훨씬 더 한국 여행에 잘 적응하고 있어서 놀라울 정도였다.

특히 지아와의 사이가 어제부터 급격하게 좋아졌다는 말을 듣고는 마음을 놓을 수 있었다.

엊그제까지만 하더라도 지아는 안젤라를 잘 챙기는 척 말도 잘하고 어울리지 않게 상냥하게 대했지만, 한 번씩 묘한 눈길로 안젤라를 바라보던 게 마음에 걸렸던 참이었다.

말은 하지 않았지만 안젤라 역시 그런 지아를 은근히 신경 쓰는 눈치였다.

이제 걱정하지 않고 경기에만 모든 신경을 집중할 수 있을 것 같았다.

만약 내일 대만전에서 혹시라도 한국 대표팀이 패배하기라도 한다면?

생각하기도 싫은 끔찍한 일이지만…….

'상황에 따라선 모든 경기에 등판할 수 있게끔 불펜 투수로 보직을 변경하는 것도 감수해야겠지.'

선발 투수의 리듬을 맞춰온 내겐 굉장히 불편하고 위험한 일이다.

그리고 웬만해선 있어선 안 되는 일이다.

자칫 신체 리듬이 완전히 무너져 버릴 위험성도 있었으니까.

하지만 팀의 승리를 위해서라면 어쩔 수 없이 감당해야 할 일이다.

그렇다고 무작정 모든 경기에 불펜 투수로 마운드에 올라갈 생각 또한 전혀 없었다.

정말 팀 승리를 이끌어야 하는 중요한 시점이라면 그때 만큼은 팀을 위해 언제든 공을 던질 생각이었다.

문득 그런 상황이 벌어지면 그 누구보다 얼굴을 찌푸리며 싫어할 사람들이 머릿속에 떠올랐다.

LA 다저스의 구단주와 단장, 감독들이다.

막대한 돈을 연봉으로 지급하며 날 애지중지 여겼던 그들이 국가 대표라는 이유만으로 혹사를 당한다면 짜증을 넘어서 화가 날 수밖에 없다.

어쩌면 내 문제를 두고 한국 대표팀과 날카로운 대립을 세울 수도 있었다.

"그런 일이 없길 바라야지."

"응? 뭐라고?"

내 중얼거림을 듣고 형수가 빤히 날 쳐다봤다.

"아냐. 그냥 혼잣말한 거야."

형수는 다시금 손에 들고 있던 쿠바 대표팀 데이터를 꼼꼼하게 확인하기 시작했다.

다른 때에는 몰라도 내가 선발로 등판할 때만큼은 나와 배터리를 이뤄야 하는 형수였기에 당연히 당장 예정된 쿠바전의 선수 데이터는 포수인 녀석에게 가장 중요한 무기였다.

나 역시 쿠바 선수들을 하나하나 떠올렸다.

그중 가장 강렬하게 떠오르는 선수가 있었다.

'세르지오 발데즈.'

세르지오 발데즈 역시 이번 올림픽에 쿠바 대표팀 선수로 한국에 와 있었다.

*   *   *

올림픽 첫 번째 경기.

무척이나 중요한 제1경기의 격전지는 부산 사직 구장이었다.

경기가 시작되기 전부터 사직 구장에는 엄청난 수의 인파가 몰려들었다.

대부분 한국 관중들이었고, 개중에는 세계 각 구단의 스카우트들 또한 상당수가 경기를 관람하기 위해 찾아왔다.

"아까 봤는데 오늘 양동호 선배님 컨디션 죽이더라. 공이 쫙쫙 꽂히는 게 오늘 느낌 무진장 좋다. 흐흐흐!"

형수의 말이 아니더라도 나 역시 양동호 선배의 몸 풀기 투구를 곁에서 지켜봤기에 오늘 경기가 생각보다 순조롭게 풀릴 수도 있을 거라고 생각하고 있었다.

양동호 선배는 광주 피닉스의 에이스인 동시에 마지막 남은 국내파 토종 에이스 투수다. 다시 말하면 광주 피닉스를 제외한 나머지 한국 프로 구단들은 단 한 곳도 빼놓지 않고 에이스 자리를 외국인 투수들에게 빼앗겼다는 소리다.

국내 토종 에이스들이 거의 전멸했다고 봐도 틀린 소리기 아니었다.

그런 상황 속에서 유일하게 홀로 국내 선수의 자존심을 지키고 있는 게 양동호 선배였으니 백유홍 감독의 기대가 얼마나 크겠는가?

양동호 선배로서는 반드시 오늘 경기에서 호투를 보여야만 했다.

"오늘 대만이 우릴 잡겠다고 나오는 거지?"

"왜?"

"그렇지 않고서야 천즈시엔을 선발로 내세웠겠어?"

"대만으로서도 미국, 쿠바, 일본을 제외하면 한국이 그나마 가장 상대하기 쉽다고 생각했겠지."

내 말에 형수는 '우리가 뭐 어때서?' 라며 반박을 했지만, 냉정하게 평가를 내리면 대만의 의도를 충분히 이해할 수 있었다.

경기 시작 전, 한국의 1회 초 공격을 막기 위해 마운드에 오른 195㎝가 넘는 좌완 투수 천즈시엔을 바라봤다.

대만 대표팀의 에이스라 불리는 천즈시엔이다.

미네소타 트윈스 산하의 트리플A에서 활약을 하고 있는 천즈시엔은 150㎞ 중후반의 빠른 패스트볼과 슬라이더를 주무기로 사용하는 강속구 투수다.

제구력도 좋고, 구위도 뛰어난 편이지만 문제는 멘탈, 즉 정신력이었다.

한 번 무너지기 시작하면 걷잡을 수 없을 정도로 와르르 무너지는 천즈시엔을 두고 국내 팬들은 두부 멘탈이라 부르며 한 번 으깨지면 다시는 회복되지 않는다고 조롱을 해댔다.

그 때문에 미네소타 트윈스에서도 선발 투수로서의 가능성은 높게 평가하지만 막상 빅리그 콜업에는 머뭇거리는 상태였다.

하지만 천즈시엔의 구속, 구종, 구위를 모두 평가했을 때, 자신감만 제대로 갖추면 메이저리그에서도 충분히 통할 투수인 건 확실했다.

쇄애애액!

퍼엉!

"공은 좋네."

툴툴 거리던 형수가 솔직하게 평가했다.

천즈시엔의 패스트볼은 확실히 좋았다.

저런 멋진 공을 던질 수 있음에도 불구하고 배짱 있는 투구를 할 수 없다는 게 같은 투수 입장에서 참 안타까웠지만, 상대팀으로서는 어떻게든 한 번만 제대로 흔들면 마운드에서 쫓아버릴 수 있으니 행운이라면 이것도 행운이었다.

경기가 시작되고 한국 대표팀의 1번 타자 장필성 선배가 타석에 들어섰다.

국가 대표 1번 타자라는 자부심만큼이나 실력도 뛰어난 장필성 선배는 천즈시엔의 구위에 꼼짝없이 당했다.

"슬라이더가 미쳤네."

형수가 혀를 내둘렀다.

장필성 선배를 삼진으로 돌려세운 천즈시엔의 슬라이더는 명품이라 불러도 손색이 없었다.

2번 타자 김재호 선배 역시 삼진을 당하고 말았다.

이번에도 결정구는 슬라이더였다.

"저건 못 치겠다."

더그아웃으로 들어오는 김재호 선배가 고개를 절레절레 저었다.

구속도 빠른데다 꺾이는 각도까지 가장 이상적이었기에 오늘 천즈시엔의 슬라이더는 소위 알고도 칠 수 없는 마구나 다름없었다.

"오늘 제대로 긁히는 날인가 보네."

형수의 말이 끝나기가 무섭게 국내 타자 중 가장 정확도 높은 타격을 한다는 타격 기계 이정훈 선배마저도 슬라이더에 삼진을 먹으며 순식간에 1회 초 한국의 공격이 삭제당하고 말았다.

3타자 연속 삼진.

대한민국 대표팀에게는 이보다 더한 치욕이 없었지만, 상대 투수가 워낙 잘 던지고 있으니 할 말이 없었다.

"괜찮아! 우리도 똑같이 갚아주면 되잖아!"

주장, 이규환 선배가 일부러 크게 외치며 격려했다.

"동호야! 아주 박살을 내버리자!"

"예!"

양동호 선배가 투지 넘치는 얼굴로 씩씩하게 대답했다.

같은 투수로서 상대 투수의 호투에 경쟁심이 생겨난 듯싶었다.

"이제 고작 1회야! 다들 정신 바짝 차리고 천천히 앞으로 나아가자!"

이규환 선배는 수비를 위해 그라운드에 나온 야수들을 상대로 그렇게 외치고는 파이팅 넘치는 모습으로 1루 수비를 하기 위해 뛰어나갔다. 그런 이규환 선배의 행동에 자연스럽게 야수들 또한 자신의 수비 위치를 향해 힘껏 뛰었다.

"1회부터 동호가 불타오르겠네."

김재호 선배에게 밀려 백업 멤버로 더그아웃에 자리를 잡고 앉은 정현우 선배가 그렇게 말했다.

"그게 무슨 말씀입니까?"

형수의 물음에 정현우 선배가 턱짓으로 마운드 위에서 전력으로 연습 투구를 하는 양동호 선배를 가리켰다.

"동호, 쟤가 원래 태극마크 달면 없던 애국심도 발휘하는 놈이거든. 오늘 경기 무조건 이겨야 한다고 다짐하고 있었을 텐데, 1회부터 천즈시엔이 3타자 연속 삼진으로 우리 타자들 기를 죽여놨으니 열 받을 만하지. 거기에 승부욕까지 있고. 걱정되는 부분이라면… 불타는 동호의 생명력이 그리 길지 않다는 것 정도인데. 쩝."

"예? 생명력이 길지 않다니요?"

"누구나 그렇겠지만, 저렇게 1회부터 전력 피칭을 하면 얼마나 버티겠냐? 길어야 5이닝 정도 되려나? 대신 5이닝은 확실하게 막을걸?"

정현우 선배의 말에 나와 형수는 고개를 끄덕였다.

확실히 마운드 위에서 연습 투구를 하는 양동호 선배의 공은 놀라울 정도였다.

포수 미트 가죽이 찢어질 것 같은 파열음과 함께 파이팅 넘치는 양동호 선배의 투구 모션은 쉽게 마운드를 내려가지 않을 것 같았다.

그렇게 1회 말, 대만 대표팀의 공격이 시작됐다.

대만 대표팀에서 가장 조심해야 할 타자는 대만 프로리그 최고의 타자라 불리는 위샤우허(퉁이 라이온즈)다.

6년 연속 40홈런을 때려냈을 정도로 파워와 정확도를 두루 갖춘 대만의 4번 타자다.

한때는 메이저리그 구단들의 관심을 받기도 했지만, 타격 능력에 비해 빈약한 수비와 느린 발이 결국은 문제가 되고 말았다.

주력이야 메이저리그에서도 위샤우허보다 느린 타자들이 널렸기에 충분히 이해하고 넘어갈 수 있었지만, 수비는 그렇지 못했다.

결국 수비 문제가 발목을 잡아서 메이저리그 진출이 무산된 위샤우허였다.

위샤우허 외에도 일본 지바롯데 마린스에서 활약하고 있

는 순홍레이 역시도 강타자였고, 메이저리그 보스턴 레드삭스 산하의 트리플A에서 활약하고 있는 천웨이우도 만만하게 봐선 안 되었다.

"쟤가 보스턴 유망주 순위 전체 2위라는 놈이지?"

형수의 말에 내가 고개를 끄덕였다.

타석에 들어선 천웨이우는 190㎝가 넘는 키에 떡 벌어진 어깨를 가진 거구의 선수다.

현재 21살이었고, 보스턴 내야 유망주 1순위에 올라가 있을 정도로 미래에 대한 기대치가 높은 타자다.

3루수로 유연한 몸놀림과 넓은 수비 범위, 그리고 강인한 어깨까지… 전문가들에게 잠재력만 터져 준다면 메이저리그를 대표할 3루수가 될 수도 있다는 후한 평가를 받고 있었다.

하지만 아직까지는 한창 성장 중인 어린 선수일 뿐이었다.

부웅!

퍼엉!

"스윙! 타자 아웃!"

잔뜩 벼르고 있던 천웨이우는 양동호 선배가 던진 체인지업에 타이밍을 빼앗겨 헛스윙을 하며 삼진을 당했다.

천즈시엔의 호투를 지우기라도 하려는 듯 양동호 선배

역시도 세 명의 타자를 모두 삼진으로 돌려세우며 1회 말 대만의 공격을 완벽하게 막아냈다.

"선배님! 최고입니다!"

"나이스 피칭!"

"우리 동호! 오늘 살아 있네~!"

더그아웃의 분위기가 단숨에 뒤집혔다.

이게 바로 투수의 힘이다.

어째서 야구가 투수 놀음인지, 선발 투수의 가치가 높을 수밖에 없는지 증명되는 순간이었다.

"규환 선배! 한 방 제대로 날려 버리고 와요!"

더그아웃을 나가며 이규환 선배는 걱정 말라는 듯 주먹 을 불끈 쥐어 보이고는 자신 있게 타석에 들어섰다.

국가 대표 4번 타자라는 부담스러운 명칭을 수년 동안 달 고 있는 이규환 선배는 천즈시엔이 던진 초구를 공략했다.

딱!

타구가 빠른 속도로 3루 베이스 위를 아슬아슬하게 스쳐 지나갔다고 생각하는 순간.

촤아악. 턱!

기가 막힌 수비가 나왔다.

3루수 천웨이우가 믿기지 않는 슬라이딩으로 타구를 잡 고는 그대로 1루로 공을 뿌렸다.

"아웃!"

발이 빠르지 않은 이규환 선배는 당연히 아웃을 당했고, 완벽하게 3루 베이스를 빠지는 안타라 여겼던 선수들은 머리카락을 쥐어뜯으며 탄식했다.

"저런 체구에서 무슨 저런 수비가 나오냐."

형수가 놀랐다는 듯 고개를 좌우로 흔들었다.

분명 여기서 이규환 선배의 타구가 빠졌다면 아무리 발이 느려도 2루까지는 충분히 갔을 것이고, 그건 곧 1회 초 놀라울 정도의 호투를 보였던 천즈시엔을 단번에 흔들어 놓을 수 있는 좋은 찬스가 될 수 있었을 거다.

'수비까지 도와주면 천즈시엔을 공략하기가 쉽지 않겠는데.'

멘탈이 약한 천즈시엔에게 야수들의 호수비는 엄청난 힘이 된다.

그건 곧 자신감을 얻고 배짱 있는 투구를 할 수 있게 된다는 뜻이고, 그런 천즈시엔을 한국 타자들이 공략하는 건 무척이나 어려워질 수밖에 없다.

"어째 기분이 쎄하다."

형수의 중얼거림에 나 역시 무겁게 고개를 움직여 동의했다.

오늘 경기 예상보다 훨씬 힘들어질지도.

따악!

"넘어… 갔다."

형수가 잔뜩 찡그린 얼굴로 원망스럽게 타구를 바라봤
다.

더그아웃 분위기는 찬물을 잔뜩 끼얹은 것처럼 가라앉았
다.

7회에 터진 솔로 홈런 한 방.

6회까지 103구를 던지며 호투를 벌인 양동호 선배가 내
려가고 7회에 홍재석 선배가 마운드에 올랐다.

선두 타자를 상대로 삼진을 잡아내며 기분 좋은 출발을
보였고, 이어진 후속 타자에게도 내야 뜬공을 이끌어내며
빠르게 아웃 카운트를 늘려갔다.

그리고 이어진 타자와의 승부에서 홍재석 선배는 4구째
던진 패스트볼이 실투가 되면서 타자가 치기에 딱 좋은 높
은 코스로 날아갔고, 행운의 여신은 홍재석 선배를 외면하
고 말았다.

"재석 선배… 흔들리겠지?"

형수의 물음에 대답 대신 마운드 위에서 로진백을 만지
작거리고 있는 재석 선배를 바라봤다.

완전하게 가라앉은 얼굴 표정이 재석 선배의 머릿속을

알게 해주고 있었다.

팽팽했던 0 : 0의 균형이 깨졌다.

6회까지 전력 피칭으로 대만 타자들을 봉쇄했던 양동호 선배의 노력이 물거품이 되었다.

가장 중요한 건, 오늘 경기에서 패배하면 4강 진출을 낙관할 수 없다는 점이다.

거기에 6회에 물러난 양동호 선배와 다르게 천즈시엔은 자신 있게 자신의 공을 던지며 한국 타자들을 확실하게 압도하고 있었다.

'지난 이닝까지 89개를 던졌으니 8회까지는 충분히 마무리하겠지.'

자신감만 있으면 메이지리그에서도 통할 공을 가진 천즈시엔의 진가가 하필이면 오늘 경기에서 유감없이 발휘되고 있었다.

특히 오늘 경기에서 보여주고 있는 슬라이더는 메이저리그 최정상급이라 불러도 손색이 없을 정도로 너무나도 완벽했다.

도저히 공략할 틈이 보이질 않는 천즈시엔이었다.

"볼! 볼넷(Base on Balls)!"

연속 볼넷이 나오면서 결국 다시 주자를 1루로 내보내는 재석 선배였다.

결국 송진욱 코치가 마운드에 올라가 재석 선배에게서 공을 받아 들었다.

고개를 푹 숙이고 마운드를 내려오는 재석 선배가 안쓰럽게 보였다.

재석 선배를 대신해서 마운드에 오른 투수는 송염우 선배였다.

강남 맨티스의 특급 불펜으로 활약을 하고 있었고, 그런 자신의 가치를 증명하듯 무사히 아웃 카운트를 잡아내며 7회 말 대만 대표팀의 공격을 저지했다.

"충분히 따라갈 수 있어! 아직 2번의 공격이 남았잖아! 선두 타자부터 성급하게 덤벼들지 말고 출루를 하는 것에만 집중하자. 알겠지!"

이규환 선배가 선수들을 응원하고 할 수 있다는 용기를 북돋았다.

한 번의 공격만으로도 몇 점이나 득점을 할 수 있는 게 야구다.

집중력을 발휘해서 끈질기게 투수를 물고 늘어지면 고작 1점 차이는 순식간에 역전시켜 버릴 수 있었다.

그 점을 알기에 타석을 기다리는 타자들의 눈엔 투지와 집념이 가득했다.

그러나.

"젠장!"

장필성 선배가 헬멧을 집어 던지며 욕설을 내뱉었다.

오늘 1번 타자로 나서서 단 한 번도 1루를 밟지 못했다.

마지막 타석에서도 내야 땅볼을 치며 아웃되고 말았다.

어떻게든 점수를 내려고 노력했지만, 9회 초 3개의 아웃 카트가 모두 채워지기 전까지도 단 한 점도 점수를 내지 못하고 말았다.

영봉패.

반드시 이겨야만 했던 상대인 대만을 상대로 첫 패배를 하며 불안하게 출발하는 한국 대표팀이었다.

Chapter 7

베스트 대 베스트.

쿠바 대 한국의 시합은 양 팀 모두 물러설 수 없다는 의지를 명백하게 보여주는 베스트 라인업이었다.

"쿠바 선발 명단 봤지?"

형수의 물음에 나는 어깨를 가볍게 풀며 대답했다.

"봤어."

"세르지오 발데즈가 1번이라니… 이건 정말 너무 의외지 않냐?"

"의외지."

어제 경기에서 3타수 3안타를 터뜨린 세르지오 발데즈였다.

챔피언스 리그에서의 활약이 단순한 반짝 활약이 아니라는 걸 똑똑히 증명하는 경기였다.

여기에 하나의 고의사구와 볼넷까지 더해서 5번 타석에 들어서서 모두 출루하는 엄청난 경기력을 선보인 세르지오 발데즈였다.

이런 타자를 중심 타선이 아닌 리드오프로 내세운다?

다분히 오늘 경기 선발 투수인 날 노린 작전이다.

홈런 한 방을 제외하면 모두 삼진으로 물러났던 세르지오 발데즈였지만, 쿠바 대표팀 타자들 가운데 심리적으로 날 가장 많이 흔들어 놓을 수 있는 타자는 역시 세르지오 발데즈만 한 선수가 없었다. 물론 여기에 실력적으로도 손색이 없었으니 1번 타자라고 하지만 가장 많은 타석에 들어서며 날 압박하겠다는 의지인 건 분명했다.

그 외에도 쿠바 대표팀 중심 타선에는 각각 쿠바 리그 타격왕과 홈런왕이 3, 4번에 배치가 되어 있었으니 1번부터 6번까지의 타선의 무게감만 놓고 본다면 미국과 비교해도 전혀 밀리지 않았다.

"오늘 무조건 이기자."

형수의 말에 나는 무겁게 고개를 끄덕였다.

오늘 경기는 상대가 누구든 무조건 승리해야만 하는 시합이다.

단 한 경기였지만, 대만 경기를 패배함으로써 이미 벼랑 끝에 내몰렸다고 해도 과언이 아닌 한국 대표팀이었으니까.

*　　　*　　　*

"역시 우리 오빠라니까! 이 많은 관중들이 모두다 오빠 한 사람을 보기 위해 비싼 티켓을 구입한 거 아냐! 진짜 우리 오빠지만 너무 잘났다니까!"

지아는 그렇게 말을 하며 안젤라를 힐끔거렸다.

"그러고 보면 우리 오빠는 정말 멋진 남자라니까! 자신이 결정한 일에 대해서는 어떠한 것에도 흔들리지 않고 묵묵하고 강직하게 꼭 그 일만 하는 남자니까 진짜 남자라고 할 수 있지! 야구도 그렇고, 스폰서도 그렇고, 여자 친구도 그렇고! 안젤라 언니도 그렇게 생각하죠?"

"척이 멋진 남자가 아니었다면 내가 그를 사랑하겠어?"

안젤라의 대답에 기다렸다는 듯 지아가 활짝 웃었다.

"그렇죠! 우리 오빠니까 언니랑 어울릴 수 있는 거겠죠! 헤헤!"

"지아야, 요즘 들어 왜 그렇게 네 오빠 자랑을 그렇게 하는 거야? 예전에는 야구밖에 할 줄 모르는 바보라고 그렇게 악담을 하더니… 야구만 하다가 혼자 죽을 불쌍한 사람이라고 했잖아? 그나마 야구라도 할 줄 아니까 사람들이 알아주는 거라면서?"

"어, 엄마는 내, 내가 언제! 우리 오빠처럼 멋지고 한결같고 착하고 좋은 남자가 또 어딨다고!"

말을 하는 지아의 얼굴은 이미 잘 익은 홍시처럼 아주 새빨갛게 변해 있었다.

'엄마는 왜 저렇게 눈치가 없는 거야! 저러다 안젤라 언니가 다른 남자를 좋아하면 어쩌려고!'

아무리 비교를 해도 자신이 오빠에게 안젤라는 너무나도 과분한 여자라는 결론을 얻은 지아는 그 이후 어떻게든 안젤라와 오빠의 사이를 돈독하게 만들기 위해 온갖 노력을 다 하고 있었다.

특히 안젤라가 혹시라도 모르고 있었을 오빠의 매력을 하나라도 더 찾아내기 위해 고민에 고민을 거듭하는 지아였다.

"오늘 경기 지혁이가 부담이 크겠어."

아빠의 말에 지아가 왜 그러냐는 듯 물었다.

지아의 물음에 아빠는 어째서 오늘 경기가 한국 대표팀

에게 중요한지 그것에 대한 설명을 시작했다.

모든 설명을 듣고 나자 지아가 무슨 걱정이냐는 듯 대답했다.

"메이저리그에서도 최고의 투수인 오빠인데 그깟 쿠바팀이 뭘 어쩌려고. 오빠는 분명 오늘 경기에서도 그 누구보다 멋있게 공을 던지면서 한국 팀을 승리하게 만들 거라고 믿어요! 언니도 그렇게 생각하죠?"

안젤라는 지아의 물음에 활짝 웃으며 고개를 끄덕였다.

"척이라면 당연히 그럴 거라고 믿어."

"역시! 언니는 남자 보는 눈이 있다니까! 헤헤!"

지아의 애교 섞인 웃음을 바라보며 안젤라는 피식 웃음이 나왔다.

눈에 뻔히 보이는 지아의 행동이었으니까.

첫 만남부터 지금까지의 지아의 모습이 어떤 의도를 가지고 있는지 모를 안젤라가 아니었다.

어렸을 때부터 주변 눈치를 살피는 게 자연스러웠기 때문이다.

오빠를 생각하는 동생의 마음.

다른 건 다 떠나서 안젤라는 지아에게서 그것 하나만 봤다.

기특하기도 했고, 저런 동생이 있는 차지혁이 부럽기도

했다.

더불어 자신이 소외될까 싶어 일부러 모든 대화를 영어로 하는 차지혁 가족들의 배려가 너무나도 고맙고 따뜻한 안젤라였다.

출발 전까지만 하더라도 꽤 걱정을 했었던 안젤라로서는 자신의 걱정이 무의미했다는 걸 첫날부터 알 수 있었다.

너무나도 행복하고 오랜만에 만끽하는 여유로운 생활에 모든 게 만족스러운 안젤라였지만, 단 하나 마음에 걸리는 일이 있었다.

'메리 이모도 함께였다면 더 좋았을 텐데.'

아직은 이르지만, 언젠가는 꼭 다 같이 함께 행복해질 수 있길 기도하는 안젤라였다.

"경기 시작한다!"

지아의 외침에 안젤라가 마운드에 오르는 차지혁을 바라봤다.

'척! 힘내요!'

두 손을 모으며 차지혁의 호투를 기원하는 안젤라다.

*   *   *

─지금부터 대한한국 대 쿠바, 쿠바 대 대한민국의 경기

를 중계해 드리도록 하겠습니다. 쿠바의 선제공격으로 1회 초 경기가 시작되겠습니다. 쿠바의 타순부터 살펴보겠습니다. 1번 타자 세르지오 발데즈, 2번 호세 안토니오 로드리게스, 3번 호아킨 알론소……

―차지혁 선수 오늘 컨디션이 무척이나 좋아 보입니다. 오늘처럼 부담감이 큰 경기에도 저렇게 컨디션 조절을 잘 했다는 사실이 역시 세계 최고의 투수답다는 생각을 하게 만듭니다. 오늘 경기 한국 대표팀으로서는 배수의 진을 치고 경기를 한다는 생각으로 반드시 승리만을 목적으로 집중력 있는 경기력을 보여줘야 합니다.

―좋은 말씀이십니다. 오늘 경기, 대한민국으로서는 패배라는 걸 생각하기도 싫을 만큼 중요하지 않겠습니까? 타석에 1번 타자 세르지오 발데즈 선수가 들어섰습니다. 오늘 솔직히 쿠바 타순은 의외이질 않았습니까? 나이는 어리지만 쿠바 대표팀에서 가장 뜨거운 관심을 받고 있는 선수가 세르지오 발데즈 선수이고, 어제 경기에서도 3타수 3안타, 6타점을 쓸어 담으면서 중심 타자로서의 활약을 제대로 보여줬습니다만, 오늘 경기에서는 1번 타순에 배치가 되었습니다.

―세르지오 발데즈 선수는 올해 한국 나이로 18세로 무척이나 어린 선수입니다만, 실력적인 면에서는 나이가 무

의미할 정도로 대단한 선수입니다. 실질적으로 쿠바 대표 팀을 이끌어 나가는 핵심 선수 중 한 명입니다. 무엇보다 많은 국내 팬들은 지난 7월에 있었던 챔피언스 리그에서 차지혁 선수를 상대로 홈런을 때렸던 걸 분명히 기억하고 있을 겁니다. 오늘 세르지오 발데즈 선수를 중심 타선이 아닌 1번에 배치시킨 이유는 지난 기억을 되새기며 차지혁 선수를 흔들어 놓겠다는 의도일 겁니다.

─당시 차지혁 선수가 홈런을 맞기는 했지만, 이후 타석에서는 연속 삼진을 잡아내며 좋은 모습으로 마무리를 했었으니 오늘 경기에서도 그런 좋은 흐름이 이어지길 기대해 보겠습니다. 사인을 주고받은 차지혁 선수 초구를 던졌습니다. 스윙! 세르지오 발데즈 선수 초구를 노리고 풀스윙을 했습니다만, 87마일의 파워 커브에 완벽하게 속으면서 크게 헛스윙을 하고 말았습니다!

─방금 초구만 보더라도 차지혁 선수와 세르지오 발데즈 선수 사이에 두뇌 싸움이 아주 치열하게 벌어졌다는 사실을 알 수 있습니다. 차지혁 선수의 초구 비율을 살펴보면 무려 94%의 높은 비율로 패스트볼을 던지며 타자와의 첫 대면에서 기선을 제압했습니다. 아마도 이런 점을 머릿속에 염두에 두고 세르지오 발데즈 선수는 초구부터 패스트볼을 노리고 스윙을 한 것 같습니다만, 차지혁 선수는 마치

그렇게 나올 줄 알았다는 듯 과감하게 파워 커브를 던짐으로써 유리하게 카운트를 가져갑니다.

　—초구부터 두 선수의 수 싸움이 아주 재밌습니다! 오늘 경기 배터리를 이루고 있는 장형수 포수와 사인을 받은 차지혁 선수 두 번째 공을 던졌습니다. 스트라이크! 바깥쪽을 살짝 걸치고 들어가는 컷 패스트볼입니다!

　—바로 저겁니다! 타자 바깥쪽을 아슬아슬하게 비집고 들어가는 컷 패스트볼! 세계에서 차지혁 선수만큼 저렇게 완벽한 컷 패스트볼을 던지는 투수는 없습니다! 국내에서도 그렇고, 메이저리그에서도 차지혁 선수의 저 컷 패스트볼은 타자에게 가장 까다로운 공으로 자리를 잡고 있죠!

　—타석에서 한 발 물러나 장갑을 풀었다가 다시 조이는 세르지오 발데즈 선수의 표정이 복잡해 보입니다. 생각하지도 못했던 초구부터 수 싸움에서 밀려 버렸기에 마음이 조급할 겁니다.

　—여기서 차지혁 선수가 결정구로 승부를 걸어올 것인지, 유인구를 던질 것인지 아마도 머릿속에 꽤 복잡할 겁니다.

　—로진백을 손에 듬뿍 묻힌 차지혁 선수, 포수의 사인을 받은 후 세 번째 공을 던집니다! 스윙! 바깥쪽으로 절묘하

게 떨어지는 체인지업에 세르지오 발데즈 선수 헛스윙 삼진으로 타석에서 물러나고 맙니다! 삼구삼진! 차지혁 선수 정말 멋진 투구로 쾌조의 스타트를 보여줍니다!

─기가 막히는군요! 타자가 꼼짝없이 속을 수밖에 없는 체인지업입니다! 경기 시작에 앞서 차지혁 선수의 컨디션이 무척이나 좋아 보인다고 했는데 첫 번째 타자인 세르지오 발데즈 선수를 삼구삼진을 뽑아내며 오늘 경기에 대한 자신감을 확실하게 드러냅니다.

─사직 구장을 가득 채운 한국 팬들, 차지혁 선수의 호투에 기립박수를 보내며 열광적인 응원을 보여주고 있습니다. 타석에는 2번 타자 호세 안토니오 로드리게스 선수가 들어섭니다. 이 선수도 조심해야 하는 선수 아닙니까?

─물론입니다. 쿠바 대표팀 선수 가운데 메이저리그 구단들이 군침을 흘리는 선수가 세 명이 있습니다. 앞선 타석에 나왔던 세르지오 발데즈 선수와 지금 타석에 들어선 호세 안토니오 로드리게스 선수, 그리고 오늘 선발 투수로 마운드에 오를 카를로스 올리베이라 선수입니다.

─호세 안토니오 로드리게스 선수는 어떤 선수입니까?

─올해 한국 나이로 스물한 살인 로드리게스 선수는 주 포지션은 유격수입니다만, 2루, 3루, 심지어 1루까지도 모두 가능하다고 알려졌을 정도로 수비가 아주 좋은 선수입

니다. 여기에 빠른 발, 강한 어깨와 뛰어난 선구안까지 모두 정상급이라는 평가를 받고 있습니다. 파워도 좋은 편이고 정확한 타격까지 갖췄기에 대형 내야수로서의 잠재력을 갖추고 있다고 합니다. 하지만 다소 다혈질적인 성격과 개인 사생활이 문란하다는 소문이 있어 로드리게스 선수를 영입하는 구단으로서는 꽤 속을 썩을지도 모르겠습니다.

─실력적인 면에서는 흠잡을 부분이 없지만, 통제가 잘되지 않는 선수라는 뜻이군요. 하하하. 운동선수들 중에는 저런 선수들이 꽤 많은 걸로 알고 있는데… 저희가 이야기를 나누는 사이 차지혁 선수의 초구가 로드리게스 선수의 몸 쪽으로 바짝 붙으면서 볼이 선언됐습니다. 스트라이크 존을 크게 벗어나는 공이었습니다. 순간적으로 볼 컨트롤이 되지 않았을까요? 차지혁 선수답지 않은 볼이었습니다. 아, 이 공에 대해서 로드리게스 선수가 꽤 불만스럽게 마운드 위에 서 있는 차지혁 선수를 노려보고 있습니다. 초구부터 너무 위협구를 던졌다는 뜻일까요?

─아마도 그런 것으로 보입니다. 사실 타석에 섰을 때 초구부터 몸 쪽으로 위협구가 날아오면 타자 입장에서는 화가 날 수밖에 없지요. 더군다나 다혈질적인 성격이 심한 로드리게스 선수이니 그 정도가 더 큰 것 같습니다.

─차지혁 선수 공을 던졌습니다! 아! 이번에도 볼입니다!

조금 전보다 더 로드리게스 선수의 몸 쪽으로 붙는 공이었습니다. 타석에 선 로드리게스 선수 노골적으로 험악하게 인상을 찌푸리며 차지혁 선수를 노려봅니다.

―으음. 차지혁 선수의 컨디션으로 봤을 때, 갑작스럽게 제구력에 문제가 생겼을 리는 없고… 아마도 벤치에서 어떤 작전이 나오지 않았을까 예상을 해볼 수 있겠습니다.

―무슨 작전을 말씀하시는 겁니까?

―그건 조금 더 지켜본 이후에 다시 말씀을 드리겠습니다.

―투 볼 상황에서 차지혁 선수 제삼 구를 던졌습니다! 이번에도 볼입니다! 아슬아슬하게 로드리게스 선수의 몸을 비켜나갔습니다만, 자칫 데드볼로 타자를 루상으로 내보낼 수 있을 법한 공이었습니다! 로드리게스 선수 배트를 홈플레이트 위로 내던지며 씩씩거립니다! 연속적으로 몸 쪽을 위협하는 공을 세 개나 던졌으니 타자 입장에서는 확실히 화가 날 만한 상황인 건 맞습니다. 좀처럼 흥분을 가라앉히지 못하는 로드리게스 선수를 주심이 겨우 진정시키고 경기를 재개합니다. 더불어 주심 투수 차지혁 선수에게도 경고를 합니다. 노 스트라이크 쓰리 볼 상황에서 차지혁 선수 네 번째 공을 던집니다! 스트라이크! 몸 쪽 스트라이크 존을 정확하게 꿰뚫고 지나가는 96마일의 포심 패스트볼입니

다! 잔뜩 흥분한 로드리게스 선수는 무서운 표정으로 차지혁 선수를 노려보며 타격 자세를 잡고 서 있습니다.

─방금 던진 공으로 확실해졌습니다. 벤치에서는 로드리게스 선수의 다혈질적인 성격을 최대한 건드려서 오늘 경기에서 그가 제대로 된 활약을 할 수 없게끔 만들고자 한 겁니다. 다혈질적인 선수들의 경우 흥분하면 경기를 망치는 일이 종종 있는데, 한국 대표팀 벤치에서는 아마도 이 부분을 이용한 전략을 짠 것 같습니다.

─스윙! 체인지업에 헛스윙을 하며 로드리게스 선수 쓰리 볼 노 스트라이크 상황을 풀카운트까지 이어갑니다. 장도형 해설위원님 말씀대로라면 이번에 차지혁 선수가 결정구를 던질 가능성이 높을 것 같습니다.

─차지혁 선수는 쉽게 제구력 난조를 보이는 투수가 아닙니다. 오히려 완벽에 가까운 제구력으로 항상 볼 컨트롤을 자유자재로 하는 투수 중 하나입니다. 갑작스러운 연속볼은 분명 의도된 것이 분명합니다.

─말씀하시는 차지혁 선수 제육 구 던졌습니다! 스윙! 약간 높은 코스의 스트라이크 존을 그대로 관통해 버리는 99마일의 포심 패스트볼! 오늘 경기 최고 구속의 패스트볼이 나왔습니다! 연속으로 볼 세 개를 얻어내고도 결국 삼진으로 물러나고 마는 로드리게스 선수 분이 풀리지 않는다는 듯 그

대로 배트를 부러트리고 더그아웃으로 들어가서도 헬멧을 던지는 모습을 보이고 있습니다.

─오늘 경기 로드리게스 선수는 차지혁 선수를 상대로 꽤나 고전을 면치 못할 것 같습니다. 하하하.

─흥분한 선수는 그만큼 수비에서도 에러를 범하는 확률이 늘어나지 않겠습니까?

─물론입니다. 로드리게스 선수가 냉정을 되찾지 못하는 이상 오늘 그의 수비 실력도 평소보다 좋지 못할 것으로 보입니다.

─로드리게스 선수의 수비를 기대하며 1회 초, 마지막 타자가 될지도 모르는 3번 타자 호아킨 알론소 선수가 타석에 들어섰습니다. 알론소 선수로 말할 것 같으면 쿠바 리그에서 타격왕을 무려 4번이나 차지한 무서운 타자이질 않습니까?

─타격 재능만큼은 정말 무시무시한 타자입니다. 한때는 메이저리그 진출을 노리기도 했지만, 여러 가지 문제가 걸려서 결국은 무산된 타자이기도 합니다. 실력만 놓고 본다면 분명 메이저리그에서도 상위 클래스에 이름을 올려놔야 할 정도로 갖다 맞추는 능력이 뛰어난 타자입니다. 다만 전성기가 끝나가는 선수인 만큼 차지혁 선수를 상대로 얼마나 좋은 모습을 보여줄 수 있을지는 미지수일 것 같군요.

—스트라이크! 차지혁 선수 초구부터 타자의 무릎을 살짝 스쳐 지나가는 98마일의 포심 패스트볼을 던지며 스트라이크를 잡았습니다. 제이 구! 파울입니다. 몸 쪽으로 붙어 오는 공을 알론소 선수 잡아당기려다 파울 라인을 크게 벗어나며 파울 타구를 만들어 내고 말았습니다.

—조심해야 합니다. 알론소 선수는 특히나 몸 쪽 공에 대한 대처가 무척이나 좋은 편이라 일반적인 타자들을 상대하듯 몸 쪽으로 승부를 벌였다가는 크게 당할 수가 있습니다.

—크게 와인드업을 하고 삼 구 던졌습니다! 스윙! 1번 타자 세르지오 발데즈 선수를 삼진으로 돌려세웠던 체인지업이 다시 한 번 위력을 발휘하면서 알론소 선수를 삼구삼진으로 침묵시켰습니다! 경기 초반부터 차지혁 선수의 체인지업이 그 여느 때보다도 위력을 발휘하고 있습니다! 한국대표팀의 1회 말 공격에 앞서 타순부터 알려드리겠습니다. 1번 타자는…….

*   *   *

"혹시 기분 나쁜 건 아니지?"

형수가 조심스럽게 물어왔다.

"작전인데 어쩌겠어."

"기분 상했구나."

이해한다는 듯 형수가 고개를 끄덕였다.

로드리게스를 상대로 몸 쪽 위협구를 무려 3개나 던졌다.

처음 사인이 나왔을 때만 하더라도 타자의 기를 꺾으려는 의도인가 싶어 그러려니 했다.

그런데 두 번째, 세 번째까지 이어지는 위협구 사인은 솔직히 내 입장에서는 기분이 좋을 수가 없었다.

가장 먼저 든 생각은 당연히 날 믿지 못하는 건가? 하는 생각이었다.

하지만 냉정하게 생각하니 백유홍 감독이 과연 널 믿지 못할까? 라고 스스로에게 물어보니 자연스럽게 고개를 젓게 됐다.

국내 프로 구단 감독 가운데 나를 가장 잘 아는 감독이 백유홍 감독이다.

고작 1년뿐이라고 하지만 감독과 선수로 잘 지냈고, 그게 벌써 2년 전 일이라고 하더라도 백유홍 감독만큼 날 잘 알고 믿는 국내 감독은 없었다.

자만이 아니라 자신하건데 백유홍 감독은 한국 대표팀 투수들 가운데 나를 가장 믿고 있을 것이 분명했다.

그렇지 않다면 나를 쿠바전 선발로 내세울 수 없었을 테니까.

그럼 다시 원점으로 돌아와서 왜 백유홍 감독은 내게 위협구 사인을 냈을까?

내가 로드리게스를 상대로 안타나 홈런을 맞을까 봐?

투수가 타자에게 안타를 맞거나 홈런을 맞는 일은 일상다반사고 지극히 당연한 일이라고 하지만 적어도 난 경기 초반부터 로드리게스에게 안타나 홈런을 맞을 확률이 그리 높진 않았다.

그 말인즉, 굳이 작전 따윌 지시하지 않아도 로드리게스를 상대로 아웃 카운트를 빼앗아 올 수 있다는 소리다.

그런데 왜?

딱.

시선은 그라운드를 바라보고 있지만, 머릿속의 복잡한 생각으로 시야가 흐릿했던 내 정신이 타격음에 깨어났다.

타구는 그저 그런 평범한 내야 땅볼이었다.

어제 경기에 이어 오늘 경기에서도 1번 타자로 타석에 들어선 장필성 선배는 타구가 유격수 방면으로 향하는 걸 확인하고도 죽어라 1루를 향해 뛰었다.

굳이 저렇게까지 뛰어야 할 필요가 있을까? 싶을 정도로 전투적인 전력 질주였다.

당연히 아웃이겠지, 라고 생각하는 순간.

"어?"

평범한 내야 땅볼을 제대로 포구하지 못한 유격수가 한 차례 공을 더듬거렸고, 그사이 1루를 향해 빠르게 내달리는 장필성 선배의 모습에 다급한 송구를 했지만 그마저도 엉뚱하게 1루수 키를 훌쩍 넘기며 악송구가 되고 말았다.

그렇게 장필성 선배는 1루를 찍고 2루 베이스마저 밟고 섰다.

글러브를 패대기치며 성질을 부리는 유격수는 로드리게스였다.

'설마?'

내가 백유홍 감독을 바라보니 그는 여전히 덤덤한 표정으로 그라운드를 바라보고 있었다.

"지혁이 널 믿지 못해서 그런 작전이 나왔던 게 아니다."

내 어깨를 가볍게 주무르며 등 뒤로 다가온 사람은 송진욱 투수 코치였다.

"감독님으로서도 고민이 많이 되는 작전이었지만, 오늘 경기를 반드시 잡아야 한다는 일념에 네게 그런 작전 지시를 내릴 수밖에 없었다."

"로드리게스를 자극해서 그의 평정심을 깨트리고 수비 실책을 유도하기 위해서라는 말씀입니까?"

"그것도 있고, 타자들에게 전하는 메시지도 있지."

"타자들이요?"

"어제 경기에서도 알다시피 우리 대표팀 타자들이 단 한 점도 내지 못해서 패배하고 말았으니 오늘 경기에서도 같은 일이 반복되지 말란 법은 없지. 그리고 그럴 리는 없지만, 혹시라도 타자들 중 한 사람이라도 오늘 선발 투수가 지혁이 너라는 사실 때문에 마음 편하게 경기를 할까 싶어 오늘 경기가 결코 쉽지 않다는 걸 똑똑하게 알리기 위해 너에게 그런 지시를 내린 거기도 하고."

"아."

송진욱 코치의 말을 들으니 그제야 머릿속이 맑게 개는 느낌이 들었다.

세계 최정상급 투수라 하더라도 오늘의 승리를 위해 자존심을 버려가며 팀을 위해 희생한다. 어제 경기와 같은 결과는 물론이고, 타자들의 정신 상태를 확실하게 일깨워 주기 위한 백유홍 감독의 경고인 셈이다.

'그래서 그랬던 건가?'

1회 초 수비를 마치고 더그아웃으로 들어올 때, 야수들의 표정이 썩 좋지 못했다.

세 명의 타자를 모두 삼진으로 돌려세웠다.

다른 때였다면 너 나 할 것 없이 좋은 투구였다며 칭찬

세례를 하며 무척이나 분위기가 밝았겠지만, 내게 내려진 위협구 작전에 대한 불쾌함으로 주변 반응을 살필 겨를이 없었다.

내야 땅볼을 치고도 1루를 향해 이를 악물고 뛴 장필성 선배의 모습도 이제야 이해가 갔다.

"오늘 경기 반드시 이겨야 한다."

내 어깨를 가볍게 두드리며 호투를 요구하는 송진욱 코치였다.

딱!

타구가 높이 솟아 우익수 깊은 곳까지 날아갔다.

2루 주자인 장필성 선배는 우익수가 공을 잡기가 무섭게 3루를 향해 내달렸고, 어깨가 좋은 우익수의 송구에 맞춰서 길게 슬라이딩을 하며 3루에 안착했다.

경기 초반부터 유니폼이 지저분해졌지만 장필성 선배는 아무렇지도 않다는 듯 흙을 툭툭 털어내며 득점에 대한 강한 의지를 드러냈다.

백유홍 감독의 의지대로 타자들은 팀을 위한 배팅을 했고, 그 결과 장필성 선배는 오늘 경기 첫 번째 득점을 올릴 수 있었다.

집중력 있게 타격에 임했지만, 후속 타자들은 더 이상 출루하지 못하고 1회 말 공격이 끝나고 말았다.

"기분 좀 나아졌냐?"

더그아웃을 빠져나온 형수가 내 눈치를 살피며 그렇게 물었다.

"형수야."

"응?"

"오늘 경기 끝까지 한 번 가보자."

"끝까지? 완투하겠다는 거야?"

"선배들이 저렇게까지 열심히 뛰어주는데 우리도 그래야 하지 않겠어?"

"당연하지! 이왕이면 퍼펙트, 콜?"

과장된 몸짓을 하며 말하는 형수의 모습에 나는 피식 웃고 말았다.

"짜식! 이제야 웃네! 흐흐흐!"

마운드에 올라서니 관중들이 한목소리로 내 이름을 외치며 응원을 하기 시작했다.

—차지혁! 차지혁! 차지혁! 차지혁!

열정적으로 나를 응원해 주는 관중들을 바라보다 문득, 내가 이번 올림픽에 어떤 마음가짐으로 참가를 한 건가 하는 생각이 들었다.

이기적이라 욕할 수 있겠지만, 가장 큰 이유는 군대 면제다.

군대 면제가 목적임에도 불구하고 금메달을 따지 못하면 그만이라는 생각도 한구석에 분명 자리를 잡고 있었다. 이번 올림픽이 아니더라도 아시안게임에서 금메달을 따면 되는 일이라 여겼기 때문이다.

실제로 구단에서도 편하고 확실한 아시안게임이 있으니 굳이 어렵고 불확실한 올림픽에 나가 무리를 할 필요가 있겠냐는 말을 하기도 했었다.

한국 대표팀의 전력은 미국, 일본, 쿠바에 비교하면 한 수 아래인 건 분명한 사실이었으니까.

더욱이 단기전인 만큼 투수인 내 활약이 두드러질 수 없다는 걸 알기에 구단에서는 한국 대표팀의 올림픽 금메달을 그리 희망적으로 진망하지 않았다.

그래서 구단에서는 차출 의무가 없는 아시안게임 출전까지 약속했었다.

하지만 결국 올림픽 게임 출전을 결정했다.

어쩌면 난 스스로를 변명하고자 이번 올림픽에 참가했을지도 모른다.

금메달 가능성이 높지 않은 올림픽을 피하고 아시안게임에만 나가는 꼴사나운 모습을 피하기 위해 올림픽에 어쨌든 출전을 했다라는 방패가 필요하다 본능적으로, 무의식적으로 생각하고 판단했을지 몰랐다.

그래서였을까?

대만 전에서 패배를 했을 때에도 그렇게 절망적이라거나, 절박한 느낌이 없었다.

'도대체 난 태극마크의 무게를 얼마나 가볍게 여겼던 건가?'

나를 열광적으로 응원해 주는 관중들이 모습에 얼굴이 화끈거렸다.

마운드에 서서 많은 사람들의 응원을 받는다는 사실이 부끄럽고 창피했다.

'지금부터라도……'

부끄럽지 않은 모습을 보이자.

국가, 나라를 대표하는 투수로서의 실력을 제대로 입증해야만 한다.

모두가 납득할 수 있는 경기, 수많은 사람들의 응원에 보답하는 경기력을 보여줘야 할 때다.

타석에 들어서는 쿠바 대표팀의 4번 타자 후안 아리아스.

쿠바 리그 홈런왕이라 불리는 쿠바 국가 대표 4번 타자였지만, 내 눈엔 그가 더 이상 보이지 않았다.

지금부터 내가 던지는 공은 타자를 상대하기 위한 공이 아니라, 내 존재를 증명하고, 나를 응원하는 사람들에게 보답하기 위해 던지는 공이다.

와인드업을 하고 힘껏 디딤발을 내딛으며 전력으로 공을 던졌다.

쐐애애애애애애애액―!

퍼어― 어어어엉!

"스, 스트라이크!"

한가운데를 관통하는 포심 패스트볼의 구속은 164㎞가 찍혔다.

Chapter 8

　태극 마크의 무게가 얼마나 무거운 것인지를 깨닫고 나니 내가 던지는 공의 위력도 훨씬 더 강력해졌다.

　쿠바 대표팀 타자들은 너 나 할 것 없이 헛스윙을 하며 배트를 허공에 휘둘렀고, 주심은 이런저런 신경 쓸 필요 없이 스트라이크, 스윙, 타자 아웃이라는 말만 반복했다.

　관중들은 목청이 터져라 내 이름을 부르며 열광했으며, 나 역시 아주 오랜만에 속이 다 시원해질 정도로 공을 뿌려대니 기분이 날아갈 것만 같았다.

　나는 강속구 투수다.

파워 커브, 체인지업, 12—to—6 커브 등의 변화구도 자유롭게 구사할 수 있지만, 기본적으로 내가 가장 자신 있게 던질 수 있는 최고의 공은 역시 포심 패스트볼이다.

칠 수 있으면 쳐 봐라가 아니라 절대 칠 수 없다는 자신감으로 똘똘 뭉친 강력한 강속구에 쿠바 타자들은 연신 삼진을 당하며 타석에서 물러났다.

"후!"

숨이 차올랐다.

160㎞가 넘는 공을 계속해서 던져 대니 자연스럽게 체력적인 부담감이 클 수밖에 없었다.

적당히 빠른 공도 아니고 무려 100마일이 넘는 공을 계속해서 던졌으니 당연한 일이다.

"다음 이닝부터는 완급 조절 좀 해."

더그아웃으로 돌아와 수건으로 땀을 닦으며 음료수를 들이켜는 내게 형수가 말했다.

한국의 8월은 무척이나 덥다.

한낮의 기온은 30도를 우습게 넘기고 내려쬐는 태양빛은 가만히 서 있는 것만으로도 온몸의 체력을 급격하게 빼앗아간다.

이런 상황에서 전력을 다해 공을 던진다는 건 절대 쉽지 않은 일이다.

베테랑 투수가 아니더라도 자연스럽게 완급 조절을 할 수밖에 없었다.

"아니. 이대로 가자."

"이제 고작 5회가 지났을 뿐이야. 너 이렇게 계속 던지면 7회도 간당간당해. 끝까지 가자면서?"

형수의 걱정은 지극히 당연했다.

겨우 5회를 마쳤을 뿐인데, 체감상으로는 7회나 8회가 지난 것처럼 느껴졌으니까.

"내 체력 알잖아? 아직 3이닝은 충분히 더 던질 수 있어."

"그렇지만……."

"나 선발 투수잖아. 선발 투수는 어차피 오늘 경기 이후 3일 이상의 휴식이 보장되잖아. 그러니까 오늘 경기에서 모든 체력을 소진해도 상관없어. 그게 선발 투수니까."

지금까지 잊고 있었다.

선발 투수는 하루의 경기를 위해 며칠을 준비하는 보직이다.

그런데 언제부턴가 나는 체력적으로 경기가 끝난 이후에도 큰 부담감을 느끼지 못할 정도로 쉽게, 쉽게 경기를 해 나가고 있었다.

오늘 경기도 그랬다.

단기전이라는 대회 특성상 언제든 불펜 투수로도 마운드에 올라야 한다는 생각이 무의식중에 내 머릿속에 담겨 있었던 거다.

내가 뭐라고.

선발 투수인 주제에 불펜 투수의 역할까지 혼자하려 생각했다니.

좋게 생각하면 팀을 위한 희생이라고 할 수 있지만, 결과적으로는 다른 투수들을 모두 믿지 못하는 독선적인 자만심일 뿐이었다.

내게 태극 마크가 부여된 이유는 선발 투수로서의 가치 때문이다.

국가 대표 투수로 나를 차출했을 때에는 선발 투수로서 내가 마운드에 올라가는 경기를 책임져 주길 바랐던 거지, 이 경기, 저 경기 모두 투입되어야 한다고 생각하고 뽑은 게 아니라는 뜻이다.

상대는 쿠바 대표팀이고, 절대 섣부르게 공을 던져서는 안 되는 팀이다.

이런 강적을 눈앞에 두고 내일 경기, 모레 경기를 생각했다니.

나 스스로 생각해도 참 한심한 생각이다.

따— 악!

"크다!"

어제 침묵했던 이규환 선배의 타구가 크게 날아올랐다.

전광판에 찍힌 158㎞의 패스트볼을 그대로 때려낸 이규환 선배였다.

마운드에서 담장 밖으로 넘어가는 타구를 바라보는 카를로스 올리베이라 쿠바 대표팀 선발 투수의 표정이 일그러져 보였다.

100마일의 공을 우습게 던지는 쿠바 대표팀 에이스 카를로스 올리베이라는 제2의 아롤디스 채프먼(Aroldis Chapman)이라는 평가를 받으며 많은 메이저리그 구단들이 군침을 흘리고 있는 선수다.

2m가 넘는 큰 키와 평균보다 긴 팔에서 뿜어져 나오는 강속구는 대단했다.

쿠바 리그에서는 공식적으로 106마일까지 던졌었고, 비공식적으로는 108마일까지도 던졌다는 말이 있을 정도로 타고난 쿠바의 강속구 투수다.

구속과 구위에 비해 구종의 다양성이 부족한 점과 실투가 조금 많다는 점이 단점으로 지적되고 있었지만, 이제 22살인 나와 동갑인 카를로스 올리베이라는 얼마든지 성장 가능성이 있었기에 향후 3, 4년 후에는 어떤 모습일지 예측이 불가능한 선수이기도 했다.

이규환 선배의 솔로 홈런으로 1점을 추가하며 2점을 앞선 한국 대표팀.

후속 타자들이 모두 삼진을 당하면서 더 이상의 추가 점수는 없었다.

"너무 무리하지 말고 던져라."

글러브와 모자를 챙겨서 마운드로 향하는 나에게 송진욱 투수 코치가 그렇게 말했다. 그 역시 내가 현재 오버 페이스 중이라고 여기고 있었다.

별다른 대답을 하지 않고 마운드에 올랐고, 타석에 들어서는 6회 초 쿠바 대표팀의 선두 타자 7번 베니토 페레르를 향해 초구를 던졌다.

쐐애애애액!

퍼— 어엉!

부웅!

초구부터 패스트볼을 노리고 들어왔다는 듯 주저 없이 배트를 휘두르는 베니토 페레르였지만, 전광판에 찍힌 구속처럼 163㎞의 패스트볼은 쉽게 칠 수 있는 그런 공이 아니다.

아무리 노리고 있다 하더라도 타자 바깥쪽으로 낮게 깔려 들어가는 공을 때린다는 건 메이저리그 최정상급 타자들이라 하더라도 쉽지 않은 일이니까.

배트를 꽉 쥐고 서서 나를 노려보는 베니토 페레르의 모습을 바라보며 와인드업을 했다.

두 번째 공은 타자의 몸 쪽 스트라이크 존을 관통하는 161㎞의 패스트볼.

"스트라이크!"

160㎞가 넘는 공이 몸 쪽으로 들어오면 타자는 배트를 휘두를 생각보다는 본능적으로 움찔하는 게 먼저다.

베니토 페레르도 그랬다.

분명 치겠다는 의욕이 넘쳐흘렀지만, 흡사 총알처럼 몸 쪽으로 날아오는 공에는 공포감을 느끼며 움찔거리기만 할 뿐 배트를 휘두를 생각조차 하지 못했다.

지속적으로 강속구를 던지면서 체력 소모가 큰 건 사실이지만, 투구수를 줄이면 확실히 이닝은 늘어나기에 나는 유인구 따위 던질 생각하지 않고 정면으로 승부구를 던졌다.

틱!

타구가 배트 윗부분에 살짝 걸리면서 내야에 높이 떴고, 콜 플레이와 함께 유격수 정요한 선배가 안정적으로 잡아내며 아웃 카운트를 올렸다.

이어진 타자들을 상대로도 5개의 공만 던져서 이닝을 종료시켰다.

5개 중 3개가 포심 패스트볼로 160㎞가 넘는 공들이었고, 나머지 2개만이 컷 패스트볼이었지만 그조차도 157㎞가 찍히면서 사직 구장을 찾은 관중들을 놀라게 만들었다.

'이제 남은 이닝 3이닝.'

더그아웃으로 들어가며 어떻게 던질 것인지를 생각했다.

*   *   *

부— 웅!

"스윙! 타자 아아— 웃!"

관중들의 함성소리에 묻히지 않기 위해 주심이 있는 힘을 다해 소리쳤다.

"지, 지금까지 삼진이 몇 개죠?"

차동호는 태블릿PC 기록표에 숫자를 정정했다.

SO(삼진) : 18.

"이번으로 열여덟 개."

차동호의 말에 후배 기자는 질렸다는 듯 마운드를 내려오는 차지혁을 바라봤다. 그의 눈빛은 흡사 괴물을 바라보는 것만 같았다.

"오늘 경기 엄청나네요. 2회부터 8회까지 미친 듯한 강속구 퍼레이드라니… 그래도 차지혁 선수도 사람은 사람인가 보네요. 꽤 지쳐 보이는 모습이 9회는 힘들 것 같네요."

푹푹 찌는 무더위 속에서 8이닝 동안 83개의 공을 던진 차지혁이었다.

차지혁의 강철 같은 체력을 생각했을 때, 100구는 기본이고 조금 무리를 한다면 120구까지도 가능했으니 83구는 확실히 적은 숫자였지만, 문제는 이 중 60구 정도가 100마일에 육박하거나, 그 이상의 강속구라는 점이다.

투수의 강속구는 타고난 어깨도 중요하지만 체력도 무척이나 중요하다.

지금까지 많은 경기를 봐왔지만 오늘처럼 선발 투수가 강속구를 많이 던진 경기는 단 한 경기도 없었다.

'오늘 경기로 차지혁의 새로운 면이 부각될 거야!'

차지혁이 강속구 투수이고, 세계에서 유일하게 라이징 패스트볼을 던지는 투수라는 사실이 사람들 머릿속에 박혀있지만, 실제로 그를 강속구만 뿌려대는 투수라고 생각하는 사람은 그리 많지 않다.

나이에 어울리지 않는 완급 조절과 던지는 모든 구종들이 리그 정상급의 위력을 발휘하기 때문이다. 그런데 오늘 경기에서는 자신의 변화구를 이용한 타자들과의 심리 싸움이나 완급 조절 능력을 전혀 보여주지 않고 있었다.

단순하지만 강속구 하나만으로 타자들을 압도하는 파괴적인 모습은 전율이 일 정도였다.

이전까지의 모습이 노련한 사냥꾼 같았다면, 오늘은 거친 야수를 보는 것만 같았다.

자신의 영역 안에 들어온 모든 도전자들을 오로지 힘으로 짓누르고 파괴하는 야성미마저 느껴지는 차지혁의 투구는 속이 뻥 뚫리는 것만 같은 시원함을 선사하고 있었다.

말 그대로 카타르시스의 절정이라고나 할까?

많은 언론들이 라이벌 식으로 묶었었던 세르지오 발데즈는 오늘 경기에서 차지혁에게 삼진을 3번씩이나 당하면서 한참이나 부족한 모습을 보였고, 특급 내야수로서의 가능성을 가진 호세 안토니오 로드리게스 역시 연속 삼진으로 자존심을 완전히 구겼다.

'하긴, 오늘 경기에서 제대로 이름값을 한 타자가 있지도 않지.'

쿠바 리그 타격왕, 홈런왕이라 불리던 3, 4번 타자들 역시 톡톡히 망신을 당했으니 오늘은 완전히 경기를 지배한 차지혁이었다.

아쉬운 점이라면 방금 끝난 8회, 2아웃 상황에서 6번 타자 하신토 초렌스의 타구가 빗맞으면서 안타가 되어 퍼펙트게임이 깨져 버렸다는 사실이다.

'오늘 경기가 퍼펙트게임이 되었다면… 역대 퍼펙트게임 가운데 가장 위대한 게임이 되었을 텐데.'

차동호는 왜 하필이면 빗맞은 안타가 나와서 역대급 경기에 초를 쳤는지 모르겠다는 듯 안타까운 마음만 들었다.

"오늘 경기만 놓고 보면 왜 야구를 투수 놀음이라 하는지 확실하게 증명이 되네요. 차지혁 선수가 오늘처럼만 경기력을 유지한다면 미국도 상대가 되질 않겠는데요?"

후배 기자의 말에 차동호는 피식 웃었다.

미국 대표팀이 문제가 아니라 세계 올스타 대표를 선발해도 오늘 차지혁의 공을 칠 타자는 과연 몇 명이나 될까 싶었다.

"어? 또 나오네요!"

한국 대표팀 공격이 끝나고 9회 초가 되자 더그아웃에서 차지혁이 걸어 나왔다.

얼굴에는 지친 기색이 역력했지만, 그는 여전히 마운드에 올랐다.

"마지막 이닝에도 불같은 강속구를 연달아 던질까요?"

"그럴지도."

그럴 만한 체력이 남아 있을지 의문이 들었지만, 차동호는 왠지 그럴 것만 같았다.

＊　　　＊　　　＊

"후욱! 후욱! 후욱!"

머릿속이 멍해질 정도로 체력 소모가 심했다.

현기증이 날 것만 같았고, 당장이라도 투수 교체 사인을 보내고 싶었다.

'다 왔어.'

마지막 종착역까지 왔다.

여기서 투수 교체를 하고 싶지 않았다.

경기를 종료시킬 수 있는 마지막 아웃 카운트는 단 하나.

마지막 아웃 카운트를 내놔야만 하는 타자가 타석에 들어섰다.

재밌게도 경기 시작과 마지막을 장식하게 될지도 모르는 타자는 세르지오 발데즈였다.

상대 전적 7타수 1안타.

그중 하나의 안타는 홈런이고, 나머지 여섯 타석은 모두 삼진이다.

놀라울 정도로 극단적인 상대 전적이다.

타석에 선 세르지오 발데즈의 표정은 그 여느 때보다 딱딱하게 굳어 있었다.

홈런을 친 이후 내리 6연속 삼진을 당했으니 자존심이 얼마나 상했겠는가?

'일곱 타석 연속으로 보내주겠어.'

초구를 던졌다.

약간 높은 코스였지만, 여전히 160㎞가 넘는 강속구가 스트라이크 존을 통과했고, 세르지오 발데즈는 스윙 대신 공을 지켜보며 배트를 바짝 조여 쥐었다.

세르지오 발데즈는 다시 한 번 내게서 한 방을 노리고 있을 거다.

9회 말 2아웃 상황이라고 하지만 점수도 2점 차이밖에 나질 않으니 여기서 내게 홈런을 때리면 감정적인 쿠바 선수들의 특성상 뜨겁게 달아올라 역전을 허용할 수도 있다.

무엇보다 희망의 불씨, 역전의 발판을 마련하면 오늘 경기의 주인공은 세르지오 발데즈로 바뀔 수밖에 없다.

'그런 일은 절대 없어야 해.'

단 한 명도 빼놓지 않고 모두 일어나서 내가 던지는 공하나하나에 환호하고 열광하는 관중들을 위해서라도 절대 역전의 발판을 만들어줄 순 없었다.

쐐애애애애액.

딱.

무릎 높이를 아슬아슬하게 지나쳐 가는 공을 세르지오

발데즈는 때려냈다. 비록 파울 타구가 되고 말았지만 이제 100마일의 빠른 강속구가 확실하게 눈에 익었다는 의미다.

역시 타고난 천재들은 다르다는 건가?

주심에게서 새로운 공을 받은 형수가 직접 공을 들고 마운드로 올라왔다.

"저 자식, 패스트볼을 노리고 있어."

변화구로 가자는 형수의 말에 나는 고개를 저었다.

"지혁아, 우리 쉽게 가자. 여기서 커브 하나 던지면 꼼짝없이 삼진이라니까. 경기 끝내야지."

"너는 내가 도망가길 바라는 거야?"

"뭐? 야! 그게 왜 도망가는 거야! 투수가 변화구를 던지는 게 당연하지! 주구장창 패스트볼만 던지는 투수가 어딨어? 그리고 변화구에 속으면 그게 병신이지!"

"투수는 말이야, 타자의 도전을 피하면 더 이상 마운드에서 있을 이유가 없어."

"답답하네! 도전은 무슨! 그런 식으로 따지면 넌 앞으로도 계속 패스트볼만 던질 거냐?"

"가능하다면."

"뭐?"

"지금까지 난 어떤 투수였다고 생각해?"

무슨 소리냐는 듯 형수가 눈을 찌푸렸다.

"사람들 말처럼 메이저리그 최정상급 투수로서 대단한 커리어를 쌓고 있는 건 사실이지만, 지금까지 난 그때그때 상황에 맞춰서 공을 던졌던 투수였어. 딱히 날 돋보이게 하는 말이 없었어."

"도대체 무슨 소릴 하는 거야? 다른 투수들이 모두 다 너처럼 되고 싶어 하고, 타자들도 너를 상대로 벌벌 떠는데 도대체 뭐가 더 필요한데? 아니, 넌 도대체 뭐가 더 부족한 건데?"

"역사상 가장 위대했던 강속구 투수."

"뭐?"

"투수라면 누구나 꿈꾸는 말이잖아. 주심이 눈치 준다. 그만 가봐."

형수는 이해할 수 없다는 듯 고개를 흔들며 인상을 팍 쓰며 돌아갔다.

나를 수식하는 단어는 많지만, 뚜렷하게 날 증명할 수 있는 말은 없었다.

오늘 경기를 통해 확실하게 정하고 싶다.

역사상 가장 위대했던 강속구 투수가 누구인지를.

타석에 서 있는 세르지오 발데즈를 바라보며 포심 패스트볼 그립을 잡았다.

'패스트볼을 노리고 있다면 쳐 봐. 절대 칠 수 없을 테

니까.'

와인드업을 하고 오늘 경기를 끝낼 마지막 공을 던졌다.

＊　　　＊　　　＊

─오늘 경기에서 차지혁 선수는 9이닝 동안 총 96개의 공을 던졌습니다. 그중 포심 패스트볼이 무려 74구였으며, 이 중 63구는 160㎞ 이상의 빠른 강속구였습니다. 특히 경기 마지막 타자였던 세르지오 발데즈 선수를 삼진으로 잡은 마지막 결정구는 무려 166㎞가 나오면서 오늘 경기 최고 구속을 기록하며 모두를 놀라게 만들었습니다. 지금까지 야구 역사상 이런 기록은 처음이라 전 세계가 놀라고 있습니다. 무엇보다 다른 좋은 변화구를 가지고 있음에도 불구하고 왜 이렇게 무모할 정도로 패스트볼에만 집착했는지 솔직하게 답변을 해주셨으면 합니다.

기자의 질문에 나는 곧바로 대답했다.

"투수는 원래 가장 자신 있는 공을 던지는 것 아닙니까? 제가 가장 자신 있게 던질 수 있는 확실한 공이 바로 패스트볼이고, 전 오늘 경기에서 그동안 제가 무엇을 잊고 있었는지, 앞으로 투수로서 마운드에서 어떤 공을 던져서 타자와 승부를 벌여야 할지를 확실하게 깨달았을 뿐입니다."

―그 말씀은 앞으로도 패스트볼의 비율을 오늘 경기처럼 가져가겠다는 뜻입니까?

"되도록이면 그렇게 할 예정입니다."

담담한 내 대답에 주변의 기자들이 모두 입을 쩍 벌리며 놀랐다.

대놓고 패스트볼만 던지겠다고 했으니 당연히 놀랄 수밖에.

―오늘 경기를 지켜보면서 이전 경기들과는 다르게 상당히 지쳐 보였습니다. 아무리 생각해도 무리하게 패스트볼의 구속을 끌어올린 것이 아닌가 하는 생각이 드는데 이 부분에 대해서 한 말씀 해주시죠.

"당연히 지쳤습니다. 하지만 선발 투수는 로테이션을 통해 일정 기간 선발 출장과 회복을 보장하는 보직입니다. 제가 선발로 출장하는 경기에서 만큼은 모든 체력을 당일 경기에 소모한다고 해도 아무런 문제가 없습니다. 그리고 무리하게 구속을 끌어올렸다고 하기엔 스트라이크와 볼 비율이 너무 좋지 않습니까?"

이후로도 퍼펙트게임에 대한 아쉬움, 세르지오 발데즈와의 라이벌 관계 등 온갖 질문들이 쏟아졌다.

경기 직후에 이뤄진 제법 큰 규모의 인터뷰였기에 인터뷰실에 모여든 기자들에게 한 번씩만 질문을 받아도 시간이 훌쩍 지나가 버릴 수밖에 없었다.

—오늘 쿠바전을 승리하긴 했지만, 어제 있었던 대만전에서 패배함으로써 4강 진출이 생각보다 쉽지는 않을 거란 전망이 있는데, 이 부분에 대해서는 어떻게 생각하십니까?

"한국 대표팀은 강합니다. 어느 대표팀과 맞붙어도 쉽게 패배하지 않을 것이라고 확신합니다."

—오늘 경기를 통해 차지혁 선수에 대한 인식이 상당 부분 바뀔 것 같은데 선수 본인으로서는 사람들이 어떤 투수로 자신을 바라봐 줬으면 합니까?

가장 기다렸던 질문이 드디어 나왔다.

인터뷰를 통해 내가 하고 싶었던 말을 할 수 있는 기회였다.

"사람들에게 제가 인류 역사상 가장 위대했던 강속구 투수였다는 것 하나만 각인하고자 합니다. 오늘 경기가 그 시발점이 되어 앞으로도 오늘과 같은 경기가 꾸준히 이어지도록 노력할 겁니다."

하고자 했던 말을 끝냈기에 미련 없이 자리에서 일어났다.

기자들은 아직 끝나지 않았는데 어딜 가냐며 나를 붙잡고 늘어졌지만, 코칭스태프들에게 가로막혀서 결국은 인터뷰가 끝나고 말았다.

그렇게 인터뷰를 마치고는 숙소로 돌아와 그대로 쓰러져 버렸다.

정말 피곤한 하루였지만, 내가 앞으로 가야 할 길을 확실하게 정한 날이라 너무나도 만족스러운 날이었다.

눈을 뜨니 이미 아침이었고, 핸드폰을 확인하니 부재중 전화가 십여 통이나 와 있었다.

황병익 대표를 비롯해서 몇몇 사람들이었고, 간단하게 샤워부터 하고 연락을 꼭 해야만 하는 사람들에게만 간단하게 전화를 했다.

—맥브라이드 단장이 어찌나 전화를 하던지, 아마도 어제 경기를 지켜보고 무척이나 놀란 모양입니다.

놀랄 만도 하겠지.

혹시라도 내가 너무 무리해서 문제가 생기면 어쩌나 하고 걱정도 했을 테고, 갑작스럽게 바뀐 내 투구 스타일에 우려도 했을 거다.

—놀라긴 했지만, 어쨌든 차지혁 선수가 어제 보여줬던 투구 내용으로 인해 다저스 구단이 꽤나 급해졌을 겁니다.

"급해지다니요?"

—아시다시피 계약 문제를 올림픽 이후에 마무리 짓자고 저희 쪽에서 미루고 있질 않았습니까? 그런데 어제 차지혁

선수의 투구로 인해 지금 몇몇 메이저리그 구단들이 영입 경쟁에 상당히 적극적으로 돌변할 것 같습니다. 그러니 다 저스로서는 최대한 빠른 시간 내에 확실하게 계약 문제를 해결하려고 할 수밖에 없을 겁니다.

"그렇습니까?"

계약 문제야 전적으로 황병익 대표에게 모두 일임했기에 그 부분에 대해서는 더 이상 관여하고 싶지 않았다.

황병익 대표도 내가 반응이 별로 신통치 않다는 걸 알곤 대화의 내용을 다른 쪽으로 자연스럽게 돌렸다.

그렇게 10분가량 통화를 하고 나서야 전화를 끊고 안젤 라에게 전화를 걸었는데, 그녀는 여전히 부모님, 지아와 함께 부산 관광을 하고 있있다.

─몸은 괜찮아요?

"푹 자고 일어났더니 멀쩡해요. 마음만 같아서는 나도 안젤라와 함께 관광이라도 하고 싶지만, 오늘도 대표팀 경기가 있어서 함께하지 못할 것 같아요."

─당연한걸요. 대신 13일에 함께 시간을 보내기로 했잖아요. 그러니까 내게 미안해하지 마요. 미안하기로 따지면 제가 척에게 미안하죠.

"왜요?"

─척이 없는데도 무척이나 즐거운 시간을 보내고 있으니

까요.

그 말과 함께 진심으로 밝게 웃는 안젤라의 웃음소리를
들으니 마음이 놓였다.

Chapter 9

대만, 쿠바에 이은 세 번째 한국 대표팀의 상대는 네덜란드였다.

올림픽 출전 자격을 얻은 8개국 가운데 최약체로 분류가 되어 있는 네덜란드는 확실히 첫 경기부터 일본에게 8점 차이로 대패를 하고, 어제는 그나마 해볼 만하다 싶었던 멕시코에게도 5점 차이로 패배를 하며 4강 진출은커녕 1승조차 쉽지 않아 보였다.

네덜란드와의 경기를 위해 한국 대표팀은 부산에서 창원으로 향했다.

올림픽 야구 경기는 부산 사직 구장과 창원 구장에서 펼쳐졌기 때문이다.

쿠바전에서 기분 좋은 승리를 거뒀기 때문인지 대표팀의 분위기는 상당히 좋았다.

백유홍 감독은 상승세를 탄 선수들에게 불필요한 말이나 지시를 내리지 않았고, 그 결과 네덜란드를 상대로 한국 대표팀은 12 대 0이라는 압도적인 승리를 따낼 수 있었다.

이날 경기에서 이규환 선배는 이틀 연속 홈런을 터뜨리며 최고의 컨디션을 자랑했고, 어제까지 안타를 하나도 치지 못했던 타자들도 모두 안타를 기록하며 내일 경기에서도 좋은 모습을 예고했다.

12일, 멕시코전.

다시 한 번 창원 구장을 찾은 한국 대표팀이었고, 이날 경기 선발로는 유한석 선배가 마운드에 올랐다.

"한석 선배가 피칭하는 모습 진짜 오랜만에 보는 것 같다. 고등학교 1학년 때 이후 처음이니까 벌써 몇 년이냐?"

곁에 앉은 형수의 말에 나 역시 묘한 기분이 들었다.

일석 고등학교에 입학하고 그해 있었던 전국 고교 야구 대회에서 유한석 선배는 탈고교급의 압도적인 모습으로 일석 고등학교를 우승으로 이끌었다.

그때만 하더라도 나도 과연 유한석 선배처럼 될 수 있을까 하고 의문을 품고 있었는데 불과 몇 년 사이에 우리 두 사람의 처지가 완전히 뒤바뀌었으니 말로 표현할 수 없는 감정이 느껴졌다.

유한석 선배의 컨디션은 광장히 좋았다.

제구가 낮게 잘 깔리면서 구속, 구위 모두 만족스러워 멕시코 타자들을 꼼짝 못 하게 만들었다.

"한석 선배 저렇게 던지는 거 보니까 꼭 우리 고딩 시절로 돌아간 것 같지 않냐? 그때가 벌써 몇 년 전이냐? 그런데도 아직도 생생한 게 엊그제 일 같다. 흐흐흐."

"왜, 돌아가고 싶어?"

내 물음에 형수가 끔찍한 소리 하지 말라는 듯 정색을 했다.

7이닝 무실점.

유한석 선배는 박수를 받을 정도로 훌륭한 투구 내용으로 마운드를 내려왔다.

오늘과 같은 모습만 유지한다면 머지않아 유한석 선배도 시애틀 매리너스에서도 확실하게 선발 자리를 꿰찰 수 있을 것 같았다.

마운드에서 유한석 선배가 멕시코 타자들을 꽁꽁 묶었다면 타선은 어제 네덜란드 전에 이어 맹타를 휘두르는 타자들로 인해 일찌감치 5회 8점이라는 점수로 승부를 결정지었다.

최종 결과 11 대 0.

압도적인 승리도 기분 좋았지만, 무엇보다 3경기 연속 무실점이라는 한국 마운드의 높이가 눈에 띄는 결과였다.

선발 투수들이 제 몫을 충분히 해주어 불펜 투수들 역시 체력적인 소모가 거의 없었기에 하루 휴식 후에 있을 미국전에 대한 경기 결과를 기대해 볼 만했다.

휴식일이 되자 오전 팀 전체 훈련을 가볍게 소화하고 나서야 선수단 전체에 자유 시간이 주어졌다.

많은 선수들이 가족, 혹은 애인과 함께 즐거운 시간을 보내기 위해 발 빠르게 움직였다.

그리고 나 역시 마찬가지였다.

"안젤라랑 데이트 가냐?"

옷을 차려입는 나를 형수가 부럽다는 듯한 눈으로 쳐다봤다.

"주전 포수가 되기 전까지는 여자 만날 생각이 없다면서 뭘 그렇게 부럽다는 눈으로 쳐다보는 거야?"

"이씨! 그 정도로 의지가 확고하다는 걸 말하는 거지! 그러지 말고 안젤라 친구들 좀 소개시켜 줘! 사람들은 끼리끼리 어울린다고, 안젤라랑 어울리는 친구들이면 얼마나 끝내주겠냐? 너랑 나처럼! 흐흐흐!"

"안젤라 친구들이면 안젤라처럼 잘나갈 텐데?"

"그게 뭐?"

"그렇게 잘나가는 여자들이 고작 백업 포수를 만나겠어?"

"…개시키."

잔뜩 치켜뜬 눈으로 날 노려보는 형수를 뒤로하고 숙소를 빠져나왔다.

숙소를 빠져나오자 여느 때처럼 나를 만나기 위해 수많은 사람들이 숙소 주변을 어슬렁거리고 있었다. 특히 남자들보다 여자들이 훨씬 더 많았는데, 이런 여자들을 두고 형수는 이렇게 말했다.

"못 먹는 감 찔러나 보는 거지."

안젤라 쉴즈라는 무적의 방패가 있음에도 불구하고 여자들의 심리상 한 번이라도 찔러보자는 식이라고.

그러면서 말하길.

"골키퍼 있다고 골 안 들어가는 거 봤냐? 어차피 여자들입장에서는 널 찔러봐서 넘어오면 대박인 거고, 안 넘어오면 그만이잖아? 팬심? 순수한 척하기는! 팬심은 겉치장일뿐이야. 속마음은 어떻게든 널 한 번 자빠트려서 인생 역전해 볼까 하는 여자들이 수두룩할걸?"

형수의 말을 곧이곧대로 들을 필요는 없었지만, 확실히 한국에서나 미국에서나 날 찾아오는 여자 팬들의 노골적인 시선은 껄끄러운 게 사실이었다.

따지고 보면 한국 여자들은 그나마 정도를 지키기라도 하지, 미국에서는 대놓고 잠을 자자느니, 선물이랍시고 자신의 속옷이나 누드 사진을 보내는 걸 보면 기가 막힐 정도였다.

특히 가슴을 드러내 놓고 사인을 해달라고 했던 팬은…….

'정상이 아니야.'

이정도면 자유분방한 정도를 넘어선 방탕이다.

"꺄악! 차지혁 선수!"

"차지혁 선수다!"

나를 발견한 여자들이 무서울 정도로 달려들었다.

그러나 언제나처럼 침착하게 대응했다.

사인을 원하는 팬들에게는 사인을 해주었고, 그 이상의 무리한 요구를 하는 여자들에게는 칼같이 거절을 표시했다.

하지만 아무리 침착하고 냉정하게 행동해도 팬들에게 둘러싸여 시간을 지체할 수밖에 없었다.

도저히 빠져나갈 틈이 없다고 생각할 때였다.

"척!"

익숙한 음성, 내게 있어 너무나도 달콤한 음성이었다.

그리고 나를 꽁꽁 둘러싸고 있던 여자들이 좌우로 갈라졌다.

군계일학.

주변에 나름 한 미모 한다는 여자들도 꽤 있었지만, 그런 여자들마저 오징어를 만들어 버리는 신의 축복을 듬뿍 받은 여신이 활짝 웃으며 나를 향해 걸어오고 있었다.

그녀의 이름.

"안젤라!"

내가 환하게 웃으며 다가가자 안젤라가 수많은 여자가 보는 앞에서 나에게 키스를 했다.

가볍게 입술끼리 맞닿자 주변에서 자지러지게 소리를 지르는 여자들, 할 말을 잃고 멍하니 쳐다보는 여자들, 재빠르게 핸드폰 카메라로 사진을 찍는 여자들, 기분 나쁘다는 듯 눈에 쌍심지를 켜는 여자들 등등 각양각색의 반응이 나왔다.

"가요!"

안젤라의 말에 나는 그녀와 함께 팔짱을 끼고 유유히 걸음을 내딛었고, 우리는 그렇게 행복하고 즐거운 데이트를 즐겼다.

그렇게 나와 안젤라가 데이트를 즐기는 사이 나와 안젤라가 키스하는 장면이 인터넷을 도배했다.

그런 사실도 모르고 가족들과 함께 저녁을 먹는 자리에서 지아가 내게 말했다.

"그래서 결혼은 언제 할 건데?"

"겨, 결혼이라니?"

내가 당황해서 지아를 바라보자 뭘 당황하냐는 듯 대꾸했다.

"그렇게 공개적으로 연애를 해놓고 다른 사람을 만나서 결혼하겠다고? 와~ 정말 비양심적이다! 언니는 어떻게 생각해요? 오빠랑 헤어지고 다른 남자 만나서 결혼할 수 있어요?"

"글쎄요."

안젤라가 살짝 붉어진 얼굴로 대답했고, 지아는 한쪽 입꼬리를 올리며 날 바라봤다.

"언니의 대답으로 확실해졌네."

"뭐가 확실해져?"

"프러포즈 하라고, 이 멍청아!"

*   *   *

꿈 같았던 달콤했던 휴식일이 지나고 14일이 되었다.

어제는 달콤한 꿈을 꾸었다면 오늘은 거부하고 싶은 지독한 악몽과 마주해야만 했다.

따— 악!

크게 호선을 그리며 사직 구장의 담장을 훌쩍 넘겨 버리는 타구.

모든 베이스를 차지하고 있던 루 상의 모든 주자들을 홈으로 불러들이는 만루 홈런이 터졌다.

마운드에 서 있는 민준후 선배를 중심에 두고 느긋하게 베이스 런닝을 하는 마이크 테일러의 모습이 무척이나 거만하게 보였다.

미국 대표팀 선수로 이번 부산 올림픽에 참가한 마이크 테일러다.

소속 구단인 토론토 블루제이스의 반대에도 불구하고 올림픽 금메달에 대한 욕심을 드러내며 국가 대표 자리에 앉은 마이크 테일러 외에도 웨인 프레이저(볼티모어 오리올스), 테리 레드메인(워싱턴 내셔널스), 더그레이 세인트(세인트루이스 카디널스), 토니 브렉맨(피츠버그 파이리츠), 루카스 제임스(탬파베이 레이스) 등 현재 메이저리그에서 정상급 활약을 해주고 있는 스타플레이어들과 소속 구단 유망주 순위 상위에 랭크되어 있는 마이너리거들까지 역대 최강의 전력이라는 평가를 받고 있는 미국 대표팀이었다.

이처럼 엄청난 전력을 자랑이라도 하듯 미국 대표팀은 현재 4전 4승을 내달리고 있었는데, 일본조차도 7점 차이로 쉽게 꺾어버리며 이번 올림픽 금메달 0순위로서의 자격을 충분히 증명하고 있었다.

그리고 오늘은 한국 대표팀이 미국에게 왕창 깨지고 있는 중이다.

"저 빌어먹을 자식은 군대 갈 일도 없으면서 왜 올림픽에 출전을 해서 우리 앞길을 막는 건데?"

형수는 잔뜩 골이 난 얼굴로 마이크 테일러를 노려보고 있었다.

"인터뷰 못 봤어? 올림픽에서 금메달을 따야 하는 나라는 반드시 미국이어야 한다잖아."

"미친 새끼! 지가 뭔데 금메달을 미국이 따야 한다고 지껄이는 건데? 금메달 맡겨놨대?"

대번에 욕설을 내뱉는 형수였다.

나 역시 마이크 테일러의 인터뷰를 보고 어처구니가 없긴 했다.

흔한 말로 어렸을 때부터 자신의 나라, 미국이 세계 최강국으로서의 자부심이 엄청나게 강했고, 소위 말하는 미국 영웅주의에 찌든 인물이 바로 마이크 테일러인데 이번 올림픽에서 자신이 미국 대표팀의 영웅이 되고 싶은 모양이다.

따지고 보면 자신의 조국이 최고라 여기고 사랑하겠다는데 뭐라고 할 말은 아니지만, 남들이 보기에 심각할 정도로 우월감에 빠져 있는 모습은 꼴사나울 수밖에 없었다.

문제는 그런 마이크 테일러와 비슷한 애국심으로 똘똘 뭉쳐 국가 대표 선수 자격으로 올림픽에 출전한 다른 메이저리거들에게 제대로 한 방 먹여줘야 하는데, 도저히 그럴 가능성이 보이지 않는다는 사실이다.

고작 3회였는데, 벌써 점수가 6 대 0이 됐다.

이런 상황이라면 7점 차이로 패배한 일본보다 훨씬 더 굴욕적인 패배가 될지 몰랐다.

더욱이 내일 경기가 일본전이었기에 오늘 경기에서 너무 기세가 꺾여 버리면 내일 경기도 쉽지 않을 거란 점이다.

'그렇다고 투수를 바꿀 수도 없고.'

인천 돌핀스에서 에이스급의 활약을 하다가 4년 전 니혼햄 파이터스로 이적을 한 민준후 선배의 구위는 결코 나쁘지 않았다. 적어도 내가 보기엔 그랬다.

다만 상대가 메이저리그에서도 정상급 활약을 펼치고 있는 타자들이라는 게 문제였다.

특히 방금 맞은 만루 홈런은 잘 던진 공임에도 불구하고 마이크 테일러라는 괴물이 워낙 잘 받아쳤기에 할 말이 없었다.

어차피 승기가 꺾인 경기에서 투수들을 소모하는 건 어리석은 짓.

'하지만 이대로 민준후 선배를 내버려 두면 올림픽이 끝나고도 분명 좋지 않은 영향을 끼칠 텐데.'

팀을 위한다면 민준후 선배를 어떻게든 2, 3이닝 더 던지게 하는 게 맞지만, 이미 의지가 꺾인 투수에게 계속해서 공을 던지게 한다는 건 무척이나 잔인한 일이었다.

선수 보호를 위해서라면 당장 교체를 해주는 게 옳은 판단이다.

딱!

또다시 안타를 맞았다.

민준후 선배의 얼굴은 돌덩어리처럼 딱딱하게 굳어 있었다.

무엇보다 방금 던진 공은 이전까지 좋았던 구위를 모두 날려 버릴 정도로 형편없었다.

그리고 이어진 두 번째 안타.

급격하게 무너져 버린 민준후 선배의 모습이 안쓰러웠다.

이대로라면 또다시 대량 실점을 할지도 모를 일.

슬쩍 백유홍 감독을 바라보니 그는 송진욱 투수 코치와 어떤 이야기를 나누고 있었다.

뭔가를 고민하는 듯싶던 백유홍 감독은 어렵게 고개를 끄덕였고, 송진욱 투수 코치는 곧바로 불펜에 전화를 넣었다.

"타임!"

백유홍 감독이 직접 타임을 요청하곤 마운드로 향했다.

"교체하려나 본데? 이런 상황이라면 누구라도 마운드에 올라가고 싶지 않을 텐데."

형수의 말대로 나 역시 누가 교체 투수로 나올 것인지 무척이나 궁금했다.

나와 형수가 궁금해하는 사이 드디어 불펜 투수가 모습을 드러냈다.

"국진이?"

고등학교 1년 후배 고국진이었다.

"여기서 국진이는 좀 아니질 않냐? 차라리 경험 많은 송염우 선배를 올리는 게 맞는 거 같은데. 아무리 패색이 짙은 경기라고 해도 그렇지 국진이처럼 어린 투수를 마운드에 올려서 패전 처리시키는 건 좀……."

나 역시 같은 생각이었다.

지금 같은 상황에서는 어떤 투수라도 마운드에 올라가고

싶진 않겠지만, 그래도 이제 고작 21살인 국진이는 아닌 것 같았다.

"오해하지 마라. 저건 국진이가 원해서 교체한 거니까."

어느새 송진욱 투수 코치가 나와 형수 곁으로 다가와 그렇게 말했다.

"코치님, 제 말은 그러니까……."

감독과 코치를 욕한 것 같았기에 형수가 당황해서 변명을 하려고 했지만, 송진욱 코치는 그럴 필요 없다는 듯 형수의 어깨를 두드렸다.

"정말 국진이가 스스로 마운드에 올라가길 원했다는 겁니까?"

"메이저리그의 타자들을 상대로 자신의 공이 얼마나 통하는지 시험해 보고 싶다고 했다더군."

의외의 말에 나와 형수가 놀라서 마운드 위에서 연습 투구를 시작하는 국진이를 바라봤다.

송진욱 코치의 말이 거짓말은 아닌 듯, 연습 투구를 하는 국진이의 표정은 억지로 끌려나온 사람의 것이 아니었다. 담담한 표정을 짓고 있었지만, 야무지게 다물고 있는 입술과 두 눈에서 느껴지는 투지는 스스로 마운드에 서길 요청한 것이 분명했다.

"메이저리그를 목표로 삼는 놈이니까 이번처럼 좋은 기

회를 마다할 리가 없었겠지."

오늘 선발 명단에서 제외된 정요한 선배의 말이었다.

정요한 선배와의 대화를 통해서 국진이가 품고 있는 꿈에 대해서 들을 수 있었다.

국진이도 다른 투수들처럼 메이저리그 무대에서 활약하는 게 꿈이었다.

그리고 국진이의 롤모델이 나라는 이야기도 들었다.

요즘 어린 야구 꿈나무들에게 있어 내가 롤모델이 되고 있다는 사실은 귀가 따갑도록 들었기에 놀라울 건 없었지만, 나보다 1년 후배인 국진이가 나를 선망하고 있다는 말은 좀 의외였다.

고작 1살밖에 나이 차이가 나지 않았으니 롤모델보다는 경쟁자, 혹은 반드시 뛰어넘어야 할 대상으로 여기는 것이 더 자연스럽고 당연하게 느껴졌으니까.

"올림픽에서 메이저리거들을 상대로 공을 던져 보고 싶다고 입버릇처럼 말을 하더니 오늘 아주 원 없이 공을 던지겠네."

정요한 선배의 말에 다시 마운드에 서 있는 국진이를 바라봤다.

"선배님, 정말 뵙고 싶었습니다! 명성 중학교에서 선배님 혼자만의 힘으로 2년 연속 전국 대회 우승과 MVP를 차지하는 모습을 보고 선배님처럼 되고 싶어 열심히 노력했고, 그 결과 일석 고교에 입학할 수 있었습니다! 감사합니다!"

정식으로 나와 첫 인사를 나누었던 국진이의 모습이 자연스럽게 떠올랐다.

1년 후배임에도 불구하고 언제나 깍듯하게 날 대했던 국진이다.

아무리 학교 규율 때문이라 하더라도 어느 정도 익숙해지면 은근 슬쩍 편안하게 대하게 마련인데, 국진이는 내가 졸업하는 그 순간까지도 하늘같은 선배 대접을 해주었던 녀석이다.

그런 녀석에게 난 졸업 이후 단 한 번도 먼저 연락을 한 적이 없었다.

국내 무대에 있을 때까지만 하더라도 가끔씩 국진이가 연락을 하긴 했지만 그마저도 살갑게 대해주질 않았고, 미국에 진출하고 나서는 아예 연락 한 번 한 적이 없었으니 국진이 입장에서는 서운했을 것 같다는 생각이 들었다.

선배로서 부끄러웠다.

국진이 입장에서는 좋아하는 선배라고 깍듯하게 대하며 살갑게 다가왔는데, 선배로서 전화 한 통 먼저 해준 적이 없었으니.

"웨인 프레이저네. 국진이 고전 좀 하겠지?"

작년 올스타 출신의 웨인 프레이저는 절대 만만한 타자가 아니다.

올 시즌에는 성적이 좋지 못했지만, 작년에는 무려 40개의 홈런을 터뜨렸을 정도로 장타력을 인정받고 있는 볼티모어 오리올스의 주전 1루수다.

'안타를 맞든 홈런을 맞든 상관없으니까 자신 있게만 던져라, 국진아.'

지금부터라도 국진이에게 선배로서 내가 해줄 수 있는 조언이나, 경험들을 들려줘야겠다고 생각했다.

"휴우~ 메이저리거는 역시 대단한 것 같습니다."

마운드를 내려온 국진이가 나를 바라보며 쓴웃음을 지었다.

"도대체 선배님은 어떻게 저런 괴물 같은 타자들을 상대로 그런 믿기지 않을 기록들을 달성하고 계시는지… 역시 선배님이십니다! 정말 존경스럽습니다!"

4.2이닝 4실점.

좋다고 할 순 없지만, 그렇다고 못 던졌다고도 할 수 없는 성적이었다.

"고생했다. 넌 잘 던진 거야. 그런데 아쉬운 점이 있었다면… 말해도 괜찮겠지?"

"물론입니다! 선배님께서 해주시는 조언이라면 팥으로 메주를 쑨다고 해도 믿을 겁니다!"

"팥 뭐?"

"그만큼 선배님의 말씀을 새겨듣고 따르겠다는 말입니다."

뒷머리를 긁적거리는 국진이었다.

"나도 아직 메이저리그 2년 차에 불과한 신인 투수라 누구에게 조언을 할 입장은 아니지만, 내가 경험한 것을 토대로 말을 하자면⋯⋯."

국진이는 내가 하는 말을 단어 하나라도 놓치지 않겠다는 듯 경청했다.

나와 국진이의 대화에 다른 선수들도 귀를 기울였고, 송진욱 코치도 곁으로 다가와 고개를 끄덕이며 맞장구를 치거나, 내 말에 살을 붙이기도 했다.

분명 국진이에게 오늘은 무척이나 소중한 경험이었고 그것이 영양분이 되어 성장의 밑거름이 될 것이라고 확신했다.

고등학교 시절에도 국진이는 좌절하기보단 자신의 문제점을 일찍 파악하고 그것을 고치기 위해 노력하는 투수였다. 그런 점이 없었다면 지금 소속 구단에서 선발 투수로 자리를 잡지 못했을 거다.

경기 초반 승패가 결정됐던 것처럼 한국 대표팀은 미국을 상대로 패배하고 말았다.

최종 스코어 12 대 4.

부끄러운 경기 결과였지만, 어쨌든 미국 대표팀을 상대로 4점이라는 점수를 냈다는 점이 중요했다.

"만약 결승전에서 미국하고 붙더라도 지혁이가 선발로 올라가서 무실점으로 8이닝까지 막아주기만 하면 뭐, 우리가 우승이네! 흐흐흐!"

형수의 말에 짐을 챙기던 선수들이 모두 웃음을 터뜨렸다.

대패를 했지만 모두의 가슴속에 미국이 상대라 하더라도 충분히 이길 수 있다라는 믿음과 의욕이 심어졌기에 그리 비관적인 경기 결과라고는 할 수 없었다.

물론 당장 내일 예정되어 있는 일본전이 우선이다.

일본은 스포츠, 경제, 문화 등등 모든 부분에서 한국의 영원한 라이벌이다.

그것도 단순한 라이벌이 아니라, 무조건 이겨서 상대를 짓밟아야 하는 상대인 만큼 내일 경기에 나서는 선수들의 의지는 결승전 그 이상이라고 봐도 무방했다.

'내일 선발 투수가… 동호 선배님이니까.'

국내 토종 에이스 양동호 선배의 별명 중 하나가 바로 '일본 킬러'다.

충분히 내일 경기를 기대해 볼 만했다.

* * *

8월 15일 화요일.

부산 사직 구장은 인산인해를 이루었고, 입장권은 암암리에 암표까지 등장했다.

모르는 사람들이 봤을 때는 '올림픽 야구의 인기가 정말 대단하구나'라고 생각할지도 모르지만, 실제로 올림픽 야구의 평균 관중 수는 그리 대단하지 않았다.

몇몇 특정 경기만 구름 떼와 같은 관중들이 몰려들었는데 오늘은 그중 최고라 불러도 좋았다.

제2경기로 예정된 한국 대 일본, 일본 대 한국의 야구 경기 때문이었다.

실질적으로 올림픽 야구 최고의 흥행 카드였다.

우리 한국 국가 대표팀은 5전 3승(쿠바, 네덜란드, 멕시코) 2패(대만, 미국)를 기록 중이었고, 일본 역시 5전 3승(도미니카, 멕시코, 네덜란드) 2패(미국, 쿠바)를 나란히 기록하고 있었다.

오늘 경기의 승리는 어느 팀이든 4강 진출을 거의 확정이라고 봐도 무방할 정도로 그 중요도가 컸다.

한국의 경우 내일 도미니카 공화국을 상대해야 했지만, 이미 4강 진출에 실패했다는 분위기가 팽배했기 때문인지 주요 선수들이 대거 빠질 것이라는 예측이 있어 승리에 큰 어려움은 없을 것이라는 전망이 컸다.

반대로 일본의 경우 내일 대만을 상대해야 하는데, 현재 대만은 오늘 쿠바 전을 앞둔 상황에서 5전 4승(멕시코, 도미니카, 한국, 네덜란드) 1패(미국)로 엄청나게 선전하고 있었기에 4강 진출에 대한 강한 희망을 품고 있는 상태였다.

중요한 건 한국과 일본의 입장이 전혀 다르다는 사실이다.

한국의 경우 실질적으로 일본과의 경기에서 패배하면 4강 진출에 대한 희망이 깨끗하게 사라진다.

대만이 일본을 이기더라도 일본과의 상대 전적에서 패배하였기에 4강 진출을 할 수 없게 되고, 일본이 대만을 이겨도 마찬가지로 대만과의 상대 전적에서 한국이 패배했기에 4강 진출은 좌절되고 만다.

상황이 이렇다 보니 우리 대표팀의 경우 반드시 승리해야 한다는 필승 의지가 강했다.

그런데.

"뭐? 배탈?"

청천 하늘에 날벼락이 떨어졌다.

일본을 상대로 단 한 번도 패배를 해본 적 없는 일본 킬러 양동호 선배가 새벽부터 배가 아프다고 하더니 결국 아침 일찍 응급실까지 찾아가야 할 정도로 배탈이 심하게 나고 말았다.

어제 저녁 미국과의 경기를 마치고 숙소로 돌아가던 중 길거리에서 사먹은 노점상 음식이 문제였다.

"그 새끼는 왜 그런 걸 사 처먹어서 이 지랄이야!"

화가 머리끝까지 난 광주 피닉스의 코치이자 국가 대표 팀 타격 코치인 노성일 코치가 불같이 화를 내며 욕설을 내뱉었다.

말은 하지 않고 있었지만 백유홍 감독 역시 화가 잔뜩 난 얼굴이었다.

그러나 이미 배탈이 나버린 걸 어쩌란 말인가?

송진욱 투수 코치가 백유홍 감독에게 귓속말을 했다.

백유홍 감독은 가만히 송진욱 투수 코치의 말을 듣고 있다가 한참 만에 고개를 끄덕였다.

허락이 떨어지자 송진욱 투수 코치가 곧바로 나에게 다가왔다.

"지혁아."

"예."

"오늘 선발로 마운드에 올라갈 수 있지?"

10일 쿠바전 이후로 내리 4일을 휴식했으니 문제없었다.

일본 킬러라는 양동호 선배가 있어 4강 혹은 결승전의 선발 투수로 나를 아껴두었던 백유홍 감독이었지만, 당장 일본을 상대로 공을 던질 수 있는 선발 투수가 없어 어쩔 수 없이 나를 기용할 수밖에 없었다.

"형수도 같이 준비해라."

"예!"

본래 선발 포수로 예정되어 있던 전영무 선배였지만, 나와는 많은 시간 호흡을 맞춰본 적이 없었기에 자연스럽게 형수가 선발 라인에 이름을 올리게 됐다.

"흐흐흐! 오늘 일본 완전히 박살 내버리자!"

일본전 선발 라인업에 이름을 올려서인지 불펜으로 향하는 형수의 얼굴에 투지가 넘쳤다.

*   *   *

"뭐, 뭐야? 오늘 선발 양동호 아니었어?"

"그런 줄 알고 있었는데?"

"우와아아아아~! 차지혁이다!"

"차지혁! 차지혁! 차지혁!"

일본전 선발 투수로 예정되어 있던 양동호 대신 쿠바를 침묵시켰던 차지혁이 선발 투수로 라인업이 발표되자 사직 구장을 찾은 많은 한국 관중들이 입이 찢어져라 좋아하며 환호성을 내질렀다.

반대로 일본에서 온 원정 관중들의 반응은 폭탄이라도 떨어진 듯 무거운 침묵이 흘렀다.

경기가 시작되기도 전에 사직 구장은 차지혁 단 한 사람의 이름으로 들썩거렸다.

"오늘 오빠가 왜 선발 투수지? 언니, 오빠가 오늘 선발 투수라고 말했어요?"

지아의 물음에 안젤라는 고개를 저었다.

"그런 소리 못 들었는데."

"선발 투수가 갑자기 바뀐 걸로 봐선 아마도 양동호 선수에게 무슨 문제가 생긴 모양이다."

아버지의 말에 지아가 픽 웃었다.

"혹시 일부로 한국 대표팀에서 꼼수 부린 거 아니야? 원래 야구에서 다른 투수를 위장 선발로 내세웠다가 경기 직전에 바꾸는 일 많잖아. 오늘처럼 중요한 경기에 오빠가 아닌 다른 투수를 선발로 내세우는 것도 좀 웃기긴 했지!"

처음부터 이럴 줄 알았다는 듯 자신의 생각에 확신을 갖는 지아였다.

"아무리 일본전이라고 하지만 그렇게 비열하게 야구를 할 백 감독이 아니다."

백유홍 감독의 인품을 믿는다는 듯 아버지가 그렇게 말을 하며 지아를 꾸중했다.

지아는 그래도 상대가 일본이니 이기기 위해서라면 이정도 작전쯤이야 무슨 문제냐는 듯 구시렁거렸다.

"그나저나 지혁이가 갑자기 선발로 올라오는 게 아닌가 걱정이네."

어머니의 말에 안젤라는 그녀의 손을 잡으며 안심시켰다.

"척은 결코 어리석은 사람이 아니잖아요. 아마도 오늘 선발로 등판이 가능하니까 마운드에 오르겠다 했을 거예요."

안젤라의 말에 어머니는 희미하게 웃으며 고개를 끄덕였다.

"갑자기 오빠가 선발 투수로 마운드에 오른다고 하니까 관중들이 완전 흥분했네! 히히!"

차지혁의 이름을 연호하고, 이미 일본전에 대한 승리를 확신하는 관중들의 잔치 분위기는 지아를 비롯한 가족들과 안젤라의 마음을 즐겁게 만들었다.

한편으로는 일본전인 만큼 다른 여느 때보다도 잘 던져야 할 텐데 하는 걱정도 들었지만, 아무리 생각해도 쿠바보다 전력이 떨어지는 일본을 상대로 못 던질 차지혁이 아니었기에 기대가 더 클 수밖에 없었다.

"오빠다! 오빠~ 아!"

지아가 벌떡 일어나서 마운드에 올라가 연습 투구를 시작하는 차지혁을 향해 두 손을 마구 흔들어댔다. 그렇지 않아도 이미 유명인에 가까운 가족들과 안젤라였는데 지아로 인해 더욱더 주목을 끌게 되었다.

하지만 정작 주목을 끌어야 할 차지혁은 지아의 외침이 전혀 들리지 않는 듯 묵묵히 연습 투구에 집중하고 있었다.

Chapter 10

일본 타자들은 기본적으로 작전 야구에 능하다.

짧게 치고 빠르게 달리거나, 많은 커트를 해서 투구수를 늘리거나, 투수와 내야 수비들을 흔들어 놓기 위해 기습 번트를 주저하지 않는다.

대체적으로 타자의 능력을 우선시하는 메이저리그와는 확연하게 차이가 난다고 보면 된다.

이 부분을 두고 좋다, 나쁘다 이분법의 잣대로 생각하는 건 어리석은 일이다.

이런 작전 야구 또한 모두 야구 룰 안에서 허용되는 규칙들이며, 우습게 여기기엔 쉽사리 수행할 수 없는 부분들인 것 또한 사실이기 때문이다.

일본 대표팀의 테이블 세터, 즉, 1번 타자와 2번 타자는 이번 올림픽에 참가한 그 어떤 나라의 1, 2번보다 뛰어났다.

다만 일본의 불행은 보통의 투수라면 누구나 조심해야 할 일본의 테이블 세터가 나에게는 큰 긴장감을 주지 못한다는 사실이다.

'한국 땅에서 이렇게 다시 만나게 될 줄은 몰랐네.'

1회 초, 일본 공격의 선봉으로 타석에 선 일본인 타자가 무척이나 반갑게 느껴졌다.

사토시 준.

내셔널리그에서 세 손가락 안에 들어갈 정도로 뛰어난 활약을 보여주고 있는 콜로라도 로키스의 리드오프인 사토시 준을 미국이 아닌 한국에서 마주하게 된 거다.

극도로 짧게 쥔 배트를 들고 서 있는 사토시 준의 표정은 얼음장처럼 차갑게 보였다.

하긴, 내가 사토시 준이라 하더라도 그럴 것 같긴 했다.

뱀 앞의 개구리, 고양이 앞의 쥐라는 표현을 해야 할 정도로 나에 대한 상대 전적이 굴욕적이다 못해 처참한 사토시 준이기 때문이다.

그렇다 보니 내가 선발로 나올 경우 사토시 준이 라인업에서 빠질 것이라고 예상했다.

이미 메이저리그에서는 콜로라도 로키스에서 그렇게 되었으니까.

사토시 준에게는 비참한 처지겠지만, 현실적으로 특정 투수를 상대로 타율과 출루율 모두 1할조차 기대할 수 없는 타자를 타석에 세울 수는 없는 노릇이다.

콜로라도 로키스 감독으로서도 오죽했으면 다른 경기에서는 펄펄 날아다니는 사토시 준을 라인업에서 뺐을까?

아무래도 일본 대표팀 감독에게도 현실을 알려줘야 할 것 같다.

사인을 내고 있는 형수의 입가에 미소가 보였다.

나를 상대로 사토시 준이 얼마나 부진하고 있는지 누구보다 잘 알고 있는 형수였으니 당연한 반응이었다.

더욱이 이번 올림픽을 계기로 나는 더욱더 강력한 구위를 바탕으로 타자를 윽박지르는 투수로 발돋움을 했으니 힘에서 절대 열세를 보이는 사토시 준으로서는 최악 중의 최악을 상대로 만난 셈이다.

약간 높은 쪽 스트라이크 존을 통과하는 포심 패스트볼.

와인드업을 하고 곧바로 공을 던졌다.

내가 공을 던지자 타석에서 타격 자세를 잡고 있던 사토시 준이 곧바로 기습 번트를 했다.

딱!

"큭!"

기습 번트와 동시에 1루를 향해 내달릴 생각만 하고 있었던 사토시 준은 번트를 댄 타구가 포수 머리 위로 넘어가자 두 눈을 동그랗게 뜨며 자신의 배트를 바라봤다.

무려 100마일짜리 포심 패스트볼이다.

구속도 살벌했고 구위도 묵직했기에 제대로 번트 자세를 잡고 신중하게 번트를 댄다고 하더라도 타자 입장에서는 공포스러울 텐데, 빠르게 기습 번트라니.

어떤 타자들은 스윙을 하는 것보다 번트를 대는 것이 더 어렵다고 할 정도다.

'쉽지 않을 거다.'

굳이 번트를 하겠다면 말리진 않겠지만, 호락호락하게 번트를 대도록 공을 던져 줄 생각은 조금도 없었다.

쇄애애애애액.

퍼— 어엉!

"스트라이크!"

2구는 사토시 준의 몸 쪽을 꽉 차게 들어가는 포심 패스트볼.

이번에도 전광판에는 161㎞가 찍혔다.

순식간에 2스트라이크 상황에 몰린 사토시 준의 표정이 톡 건드리면 부서져 버릴 것처럼 보였다.

'빠른 승부.'

굳이 유인구 따윌 던질 생각이 없었고, 초반부터 일본 타자들의 기를 확실하게 꺾어놔야 한다는 걸 알기에 있는 힘껏 포심 패스트볼을 포수 미트만 보고 꽂아 넣었다.

퍼— 어어엉!

부웅!

"스윙! 타자 아웃!"

공이 지나가고 난 이후에 배트가 돌아 나오는 사토시 준이었다.

―우와아아아아아아아아!

―차지혁! 차지혁! 차지혁! 차지혁!

일본이 자랑하는 천재 타자, 사토시 준을 삼구삼진으로 잡아버리자 부산 사직 구장을 찾아온 한국 관중들의 함성이 고막을 찢어놓을 것처럼 크게 울려 퍼졌다.

'정면 승부. 일본의 작전 야구 따윈 통하지 않는다는 걸 확실하게 보여주겠어.'

로진백을 주무르며 오늘 경기를 머릿속으로 미리 그려보기 시작했다.

퍼— 어엉!

"스트라이크! 타자 아웃!"

주심의 호쾌한 아웃 선언에 타자의 표정이 보기 흉할 정도로 일그러졌다. 그러고는 전광판을 바라보더니 이내 고개를 좌우로 흔들며 등을 돌렸다.

'3회 초, 마지막 타자.'

지금까지 모든 타자를 삼진으로 잡아냈다.

오늘은 컨디션을 뛰어넘는 다른 뭔가가 있었다.

올해 들어 100마일의 공도 80퍼센트 이상 컨트롤이 가능해지더니, 쿠바전을 계기로 이제는 완벽하게 제구가 되고 있었다.

100마일의 공을 내 뜻대로 던진다.

이건 엄청난 일이다.

단순한 포심 패스트볼이지만, 구속이 100마일이라면 이야기가 달라진다.

웬만한 마구보다 더 타자들을 공포로 몰아넣을 공이다.

특히 타자 입장에서는 몸 쪽으로 날아오는 공은 높낮이를 떠나 공포 그 자체였고, 바깥쪽은 쉽게 스윙으로 따라갈 수가 없다.

평소보다 더 빠르고 간결하게 스윙을 해야만 하는데, 그게 말처럼 쉬운 일이라면 이 세상의 모든 타자들은 제 마음대로 안타와 홈런을 때려낼 거다.

아무리 간결하게 단타 위주의 스윙을 하는 일본 타자들이라 하더라도 몸 쪽과 바깥쪽을 번갈아가며 공략하니 공을 건드리지도 못하고 속절없이 삼진 퍼레이드를 당하고 있었다.

타석에는 9번 타자 이시모토 쇼케이가 들어섰다.

소속 팀, 지바 롯데 마린스에서는 1번 타자 역할을 수행하고 있을 정도로 선구안과 출루율이 좋은 이시모토 쇼케이였지만, 내 눈엔 사토시 준보다 능력이 조금 더 떨어지는 타자일 뿐이었다.

'초구는 역시 몸 쪽.'

타자에게 공포를 준다.

몸 쪽으로 바짝 붙이는 스트라이크를 던져서 타자로 하여금 공의 위력을 조금이라도 더 가깝게 느끼도록 만든다.

퍼어어— 엉!

"스트라이크!"

이시모토 쇼케이의 표정이 잘게 경련을 일으켰다.

더그아웃에서 동료 타자들을 압박하던 공을 직접 느껴보니 생각 이상이겠지.

두 번째 공은 바깥쪽 아래로 깔리는 스트라이크.

몸 쪽, 그리고 바깥쪽.

이 단순한 패턴이 일본 타자들을 꼼짝도 못하게 묶고 있었다.

이게 바로 100마일 포심 패스트볼의 진정한 위력이다.

'마지막은 몸 쪽 높은 코스를 관통하는 공.'

쇄애애애액.

"히익!"

부웅!

퍼어어엉—!

"스윙! 타자 아웃!"

또다시 나온 삼구삼진에 한국 관중들은 기립 박수와 함께 내 이름을 연호했고, 일본 관중들은 욕설을 내뱉으며 자국 타자들을 비난했다.

일부 과격한 일본 관중들이 나를 향해 언성을 높이기도 했지만, 압도적인 한국 관중들의 살벌한 눈초리에 재빨리 입을 다물어야만 했다.

"오늘 공 진짜 죽인다! 포수인 내가 봐도 오줌이 찔끔 나올 정도다! 도대체 넌 정체가 뭐야? 인간이 맞긴 하는 거냐? 솔직하게 말해봐. 어느 별에서 왔냐?"

형수의 싱거운 헛소리를 흘려들으며 더그아웃으로 들어갔다.

아홉 타자 연속 삼진.

이건 대기록의 시작에 불과했다.

＊　　　＊　　　＊

삼진. 삼진. 삼진. 삼진. 삼진……

타자를 한 바퀴 돌린 것도 모자라서 다시 돌아온 타순의 타자들을 한 명, 한 명 삼진으로 잡았다.

그렇게 열 번째 탈삼진의 제물이 되지 않기 위해서 타석에 들어선 사토시 준의 표정은 독기와 비장함이 가득해 보였다.

하지만 아무리 독기를 품고 물러설 곳이 없다는 마음으로 배트를 휘둘러도 완벽하게 제구가 되어 구석구석을 찌르는 100마일의 포심 패스트볼은 마음대로 칠 수 있는 공이 절대 아니었다.

부웅!

"스윙! 타자 아웃!"

공 4개만에 삼진을 당하자 사토시 준은 나를 가만히 바라보더니 이윽고 완전히 의욕이 꺾인 사람처럼 고개를 푹 숙이고 더그아웃으로 들어가 버렸다.

완벽한 패배.

자신의 능력으로는 절대 넘어설 수 없다는 사실을 인정

한 걸까?

사토시 준의 모습에 뿌듯함보다는 이유모를 공허함이 들었다.

이후로도 삼진은 퍼레이드는 계속해서 이어졌다.

2번 타자, 그리고 3번 타자 이시다 타카시, 4번 타자 오다 마에루, 5번 타자, 6번 타자 노부다 신이치마저 바깥쪽으로 살짝 빠지는 포심 패스트볼에 헛스윙을 당하며 삼진을 당하자 사직 구장 전체가 무너지지 않을까 싶을 정도의 어마어마한 함성이 터져 나왔다.

동시에 예정에도 없던 폭죽이 터지면서 전광판에는 이런 글자가 떠올랐다.

대한민국 투수 차지혁.
연속 탈삼진 세계 신기록 타이 달성! 15K!

관중들의 함성은 내가 더그아웃으로 들어가고 나서도 한참 동안이나 이어졌다.

오죽했으면 수비를 하기 위해 그라운드로 나온 일본 대표팀 선수들이 주심에게 항의를 할 정도였다.

그러거나 말거나 우리 대표팀 더그아웃은 무거운 침묵만이 낮게 깔려 있었다.

선배들 모두 나를 의식적으로 피했고, 하나 밖에 없는 후배 국진이도 멀찍이 떨어져서 내 눈치만 살피고 있었다.

더그아웃 내에서 나에게 말을 걸 수 있는 사람은 오직 형수밖에 없었다.

"이, 이대로 갈 거지?"

"왜 떨어?"

"떠, 떨긴!"

긴장한 모습을 감추지 못하는 형수를 바라보며 피식 웃고 말았다.

나도 이렇게까지 될 줄은 생각조차 못했다.

무엇보다 100마일의 공을 완벽하게 제구하는 투수가 얼마나 공포스러운 투수인지를 똑똑하게 느꼈기에 지금까지 익힌 변화구들이 모두 허무하게 느껴질 정도였다.

애초부터 100마일의 공을 제구할 수 있도록 모든 노력을 기울였다면?

물론 말도 되지 않는 소리다.

역사상 어떤 투수도 100마일의 공을 제멋대로 컨트롤하지 못했다.

그만큼 어렵기에 보조 수단으로 변화구를 익힌 거다.

"형수야, 내가 지금까지 변화구를 몇 개나 던졌는지 기억해?"

"변화구? 컷 패스트볼하고 파워 커브하고… 대략 다섯 개 정도 던졌으려나? 왜?"

5이닝을 마치는 순간까지 고작 5개의 변화구밖에 던지지 않았다니.

15명의 타자들을 상대하면서 던진 투구수가 총 61개다. 이 중 변화구를 5개밖에 던지지 않았으니 결과적으로 나머지 56개의 공이 모두 포심 패스트볼이라는 소리다.

"미쳤네."

홀로 중얼거리다 피식 웃었다.

"응? 뭐라고?"

"아냐."

대략 12개의 공 가운데 단 하나만이 변화구였단 소리다.

타자 입장에서는 복잡하게 생각할 것 없이 변화구를 완전히 잊어버리고 포심 패스트볼만 노리고 스윙을 하면 된다는 뜻이다.

그런데 결과는 삼진.

과연 이런 결과를 어떻게 받아들여야 할까?

일본 타자들의 능력 부족?

나라를 대표해서 국가 대표가 된 타자들이다.

미국과 일본 등의 프로 리그에서 나름대로 이름깨나 날린다는 타자들이니 절대 능력 부족이라고 부를 순 없다.

그렇다면 어째서 삼진을 당하는 걸까?

'이게 진짜 강속구의 위력인 건가.'

가끔 사람들은 한가운데로 들어오는 공을 못 치는 타자들을 향해서 원색적인 비난을 한다.

밥 먹고 야구만 했다는 놈이 그것도 못 치냐, 눈 감고 배트만 휘둘러도 공은 맞추겠다, 한가운데 공도 못 치는 놈이 무슨 야구 선수냐 등등.

그러나 실제로 타석에 서면 안다.

공기를 찢어발기며 눈 깜짝할 사이에 포수 미트에 박혀들어가는 공을 배트로 맞춘다는 게 얼마나 힘든 것인지를.

'내가 정말 무서운 공을 던지게 됐구나.'

지금까지 내가 완벽하게 컨트롤이 가능해졌던 변화구를 손에 넣었을 때보다도 강렬한 희열감을 느낄 수 있었다.

역사상 가장 위대했던 강속구 투수!

내가 원했던 투수가 되었음을 오늘 경기를 통해 확실하게 알게 되었다.

"형수야."

"응?"

"라이징 패스트볼과 비교했을 때, 지금 포심 패스트볼의 구위가 어떤 것 같아?"

"라이징 패스트볼? 그걸 말이라고 하냐. 솔직하게 말해서 네가 던지는 라이징 패스트볼은 구위 자체는 지금 던지는 포심 패스트볼과 비교할 수가 없어. 공이 너무 가볍거든. 지금 네가 던지는 포심 패스트볼은 뭐랄까… 진짜 손바닥이 얼얼할 정도로 묵직해서 웬만한 타자는 제대로 밀어내지도 못할걸? 거기에 비교한다면 라이징 패스트볼은 궤적만 제대로 맞춰서 타격하면 장타를 허용할 가능성이 무척 높아."

어렴풋이 느끼고 있었던 사실을 형수를 통해 확실하게 알 수 있었다.

라이징 패스트볼을 던지기 위해서는 손목의 가도를 최대한 정각에 위치시켜야 했기에 지금처럼 마음 놓고 체중을 싣기가 쉽지 않았다.

손목에 부담도 가고, 구위도 원하는 만큼 끌어올리기가 쉽지 않았기에 라이징 패스트볼에 대한 미련도 그리 크지 않은 건 사실이다.

어차피 라이징 패스트볼은 신구종을 위한 예행연습일 뿐이었으니까.

"너처럼 강력한 패스트볼을 던지는 투수에게 고속 슬라이더는 필수적이지. 타자를 그만큼 압박할 수 있는 효과적인 무기가 되니까. 하지만 네가 던지는 투구폼에서 슬라이더는 오히려 널 망칠 가능성이 높다. 그러니 차라리 새로운 너만의 공을 던지는 게 어떤가 싶군."

"라이징 패스트볼을 던지게 되었으니 이제 슬슬 신구종을 연습해 보는 게 어떨까? 너무 어렵게 생각할 필요 없다. 어차피 네가 던지게 될 신구종도 결국은 패스트볼이니까. 대신, 중지에 강한 힘을 줘서 공의 회전을 좌우로 더 강하게 준다고 여겨라. 분명 멋진 패스트볼이 나올 거라고 난 믿는다."

랜디 존슨의 말을 떠올리며 왼손을 내려다봤다.

중지 손가락에 마지막 임팩트를 가한다.

오늘은 공이 손에 제대로 달라붙고 긁히는 날이다.

이렇게 컨디션이 좋은 날 신구종에 대한 감각을 조금이나마 느껴 볼 수 있다면?

'해보자.'

본래 완벽하게 손에 익기 전까지는 경기에서 새로운 공을 던지지 않는 것이 내 철칙이었지만, 오늘만큼은 예외로 두고 싶었다.

지금처럼 좋은 몸 상태는 분명 내가 원하던 감각을 얻을 수 있을 것만 같았다.

"형수야, 포심 패스트볼의 궤적이 조금 변하더라도 당황하지 말고 침착하게 포구를 해줘."

내 말에 형수가 깜짝 놀라며 반문했다.

"궤적이 변한다니? 무슨 소리야?"

"해보고 싶은 게 있어서 몇 번 시험을 좀 해보려고."

미쳤냐는 듯 펄쩍 뛰며 형수가 소리쳤다.

"야! 지금 네가 무슨 상황인지 몰라? 너 이제 다음 타자만 삼진으로 잡으면 새로운 신기록이라고!"

자신의 목소리가 너무 컸다고 느꼈는지 형수가 재빨리 주변 눈치를 살피고는 다시 조용히 말했다.

"이런 중요한 상황에서 뭘 시험해? 그리고 너 원래 그런 놈 아니잖아? 왜 갑자기 이상한 짓 하려는 거야? 그냥 지금처럼 가자. 타순도 하위 타순이잖아. 7번 타자만 잘 잡으면 8번, 9번까지도 삼진으로 잡을 수 있을 거야. 연속 18K! 이 얼마나 멋지냐! 장담하건대 이런 엄청난 기록은 인류가 멸망하는 그 순간까지도 나오지 않을 거라고!"

"지금 당장의 기록도 중요하겠지만, 앞으로 내 투수 생활을 생각했을 때, 오늘처럼 좋은 날을 그냥 보내고 싶지 않아서 그래."

"도대체 무슨 소리를……."

"가자. 이닝 끝났다."

잔뜩 일그러진 표정으로 내 뒤를 바짝 쫓아온 형수는 내가 마운드에 올라가는 순간까지 날 따라와 허튼짓은 절대 하지 말라고 신신당부를 했다.

형수의 말대로 허튼 짓일 수도 있고, 미친 짓이 될 수도 있지만 난 오늘이 분명 내 인생에 있어 또 한 번의 전환점이 될 것 같다는 느낌을 지울 수가 없었다.

마운드에 서서 왼손을 가볍게 털며 긴장을 풀었다.

'조금씩 가자. 한 번에 너무 과하게 힘을 주면 제구가 무너질 수도 있으니까 조금씩 강도를 높여야 해.'

공을 던지는 건 무척이나 민감하고 조심스러운 행위다.

특히 지금처럼 100마일의 강속구를 뿌려대는 상황에서 완벽한 컨트롤을 가져가려면 와인드업부터 시작해서 마지막 공을 던지고 난 이후의 마무리 동작까지도 흐트러져선 안 된다.

과도하게 힘이 들어가서도 안 되고, 균형이 무너져서도 안 되고, 호흡은 물론, 마지막 시선 처리까지도 정해진 틀 안에서 정확하게 이루어져야만 한다.

그렇기에 이제부터 던질 공은 이 틀을 깨트리는 위험한 투구가 될 수밖에 없다.

타석에 들어선 타자를 바라보며 호흡을 가다듬고 와인드

업을 했다.

'제구력이 무너질 수도 있으니까 우선은 한가운데로 넣어보자.'

남들이 들으면 미쳤냐는 소리가 튀어나올 말이다.

15타자 연속 삼진 세계 신기록을 다시 한 번 세우고 이제 새로운 기록과 마주할 준비를 마친 상황에서 신중하지 못하게 무슨 짓이냐고 욕을 먹을 일이겠지만.

'기록에 연연해서 오늘처럼 좋은 컨디션을 이대로 보낼 순 없지.'

투수는 새로운 공을 던질 때, 스스로만이 느낄 수 있는 감각이라는 게 있다.

같은 커브를 던지더라도 어떤 투수는 환상적이라는 소리를 들을 정도로 완벽한 커브를 던지는 반면, 다른 투수는 실전에 써먹기 민망할 정도로 어처구니없는 불완전한 커브를 던지는 이유가 바로 여기에 있다.

감각, 혹은 느낌이라고 말하는 이건 세상에서 가장 유능한 투수 코치라 하더라도 가르쳐 줄 수 없는 부분이다.

실제로 많은 프로 선수들 중에는 공의 감각을 제대로 느끼지 못해서 평생 원하는 변화구를 던지지 못하는 이들도 많다. 다시 말하면, 이 감각을 느끼고 그걸 유지해 나갈 수 있게 된다면 누구나 부러워하는 변화구를 자신만의 무기로 만들 수 있다는 뜻이다.

이런 상황이다 보니 나에게는 기록이 뒷전일 수밖에 없었다.

우선 1구.

와인드업을 하고 최대한 신경을 집중해서 공을 던졌다.

거울에 반사되어 보이는 것처럼 똑같은 투구 폼으로 포심 패스트볼을 던지면서 마지막 릴리스 포인트에서 공을 던지기 직전에 검지에 힘을 더했다.

쇄애애애애액!

퍼― 어어엉!

"스트라이크!"

한가운데를 관통하는 포심 패스트볼에 타자는 이를 악물며 배트를 더욱더 짧게 쥐는 모습이 보였다.

그러나 그런 타자의 모습보다는 이전과 조금도 다르지 않은 공의 궤적에 중지에 힘을 더욱더 가해야 한다는 사실만 머릿속에 담았다.

다시 2구.

형수가 돌려주는 공을 받아 들고 심호흡과 함께 힘껏 공을 던졌다.

이번에는 방금 전의 1구보다 조금 더 많은 힘을 중지에 실었다.

쇄애애애애애액!

부— 우웅!

타자의 배트가 허공을 갈랐고, 공은 타자의 몸 쪽으로 살짝 붙으며 포수 미트에 박혔다.

한가운데로 던지려고 했던 공이 내 의사와는 다르게 타자 몸 쪽으로 붙어버렸다.

오늘 경기 첫 번째 실투였다.

'릴리스 포인트에서 손목에 힘이 너무 들어가고 말았어.'

곧바로 실수한 점을 떠올렸다.

사람의 몸이라는 게 어느 한 부분만 정확하게 힘을 준다는 게 참 어려웠다.

공을 던져 주는 형수의 표정이 살짝 굳어 있는 게 눈에 들어왔다.

포수인 만큼 방금 공이 사인과 맞지 않는 코스로 들어왔음을 누구보다 잘 알기 때문이다.

"후우우!"

최대한 편안하게 공을 던지기 위해 일부러 크게 숨을 뱉어내고 가볍게 목을 좌우로 흔들었다.

다른 사람들 눈에는 대기록을 앞둔 투수가 긴장감을 풀기 위한 행동으로 보이겠지.

로진백을 손에 듬뿍 묻히곤 다섯 손가락을 모두 튕기길

반복했다.

하얀 분말 가루가 허공에서 흩어졌다.

'몸 쪽은 위험하니까 바깥쪽으로.'

만에 하나라도 제구가 되질 않아 타자가 공에 맞을 수도 있었기에 아예 바깥쪽 코스를 노리고 공을 던지는 게 나을 것 같았다.

3구.

머릿속으로 손목의 힘을 최대한 빼고 중지 손가락에 힘을 제대로 주자라는 생각을 끊임없이 되뇌며 공을 던졌다.

공이 손끝에서 떨어지는 순간 제구가 되지 않았다는 걸 알 수 있었다.

쇄애애애애애액!

퍼— 어어엉!

"볼!"

이어진 4구, 5구도 마찬가지였다.

"타임!"

기어이 형수가 참지 못하고 주심에게 타임을 요청하고 마운드로 올라왔다.

"뭐하는 거야! 너 진짜 이럴래?"

형수가 벌겋게 변한 얼굴로 화를 터뜨렸다.

"미안."

"미안하다는 소리 필요 없으니까 정신 차리고 똑바로 던져! 너 진짜 생각이 있는 놈이냐? 괜한 짓하지 말고 평소처럼 제대로 던지라고!"

마운드 위에서 언쟁을 벌일 순 없었기에 알았다고 형수를 달랠 수밖에 없었다.

"아까부터 공 회전이 이상하게 돌고 있으니까 그립부터 똑바로 잡고 던져! 알겠지?"

마운드를 내려가며 형수가 그렇게 말했다.

'그립?'

나는 재빨리 글러브 속에 담겨 있는 공의 실밥을 잡았다.

전형적인 포심 패스트볼의 그립을 쥐다가 공의 위치를 바꾸면서 공의 회선력을 최대한으로 발휘할 수 있는 그립을 찾았다.

"찾… 았다!"

세차게 뛰는 심장을 애써 진정시켰다.

마운드 위에서 투수가 절대 해선 안 되는 것 중 하나가 바로 흥분이다.

흥분한 투수는 자신의 공을 제대로 던지지 못하기에 투수는 항상 평정심을 유지해야 하고, 어떠한 일에도 쉽게 흥분해서 마음이 흔들려서는 안 된다.

이건 투수라면 반드시 지켜야만 하는 철칙이다.

"후우우우우."

감정을 가라앉히기에 가장 좋은 방법은 역시 심호흡이다.

천천히 그리고 크게 호흡을 들이마시고 내쉬길 반복하니 뜨거워지던 심장이 평소처럼 가라앉았다.

우선은 눈앞에 서 있는 타자부터 잡는 게 먼저다.

2스트라이크 3볼, 풀카운트 상황에선 투수와 타자 모두 상대방의 수를 읽기 위해 치열하게 머리를 굴린다.

하지만 대체적으로 풀카운트 상황에서 유리한 입장은 타자다.

아무래도 투수로서는 타자를 출루시켜서는 안 된다는 벽에 막혀 있는 상황이라 최대한 스트라이크를 넣을 수밖에 없기 때문이다.

물론, 대범하게 유인구를 던지며 타자의 허를 찌르는 투수들도 있지만 확률적으로 투수는 스트라이크를 넣기 위해 공을 던지는 경우가 높았고, 타자는 그런 투수의 공을 침착하게 받아치기만 하면 된다.

다만 문제라면 타자의 능력을 상회하는 빠른 공이 몸 쪽을 찌르고 들어오면 눈으로 보고도 제대로 된 타격을 가져갈 수 없다는 사실이다.

바로 지금처럼.

쐐애애애애애애애액!

퍼— 어어엉!

부— 웅!

"스윙! 타자 아웃!"

—우와아아아아아아아아!

펑! 펑! 펑펑펑펑! 펑펑펑!

다시 한 번 폭죽이 터졌다.

동시에 전광판이 화려하게 반짝거리며 대문짝만 한 글귀가 나타났다.

대한민국 투수 차지혁, 연속 탈삼진 세계 신기록 달성!

16K! 16K! 16K! 16K! 16K! 16K! 16K! 16K!

얼마나 강조를 하고 싶은 거야?

'16K'라는 글자가 전광판의 대부분을 채우고 있었다.

잔뜩 일그러진 얼굴의 일부 일본 관중들을 제외한 모든 관중들이 모두 일어나서 열정적으로 박수를 쳐 주며 환호성을 내질렀다.

있는 힘껏 소리를 내지르는 관중도 있었고, 내 이름을 부르는 관중도 있었으며, 휘파람을 불어대는 관중, 눈물을 글썽거리며 울먹이는 관중, 독립투사라도 된 듯 만세를 해대는 관중 등등 한마디로 축제의 한 장면 같았다.

이렇게 흥분된 상황 속에서 타석에 들어서는 타자의 표정은 차마 봐줄 수 없을 정도로 처참했다.

자신감이 완전히 결여된 듯한 모습이었다.

그렇게 타자가 타석에 들어서자 하늘이 진동이라도 할 것처럼 관중들이 한목소리로 내 이름을 부르기 시작했다.

─차지혁! 차지혁! 차지혁! 차지혁! 차지혁!

천둥소리와도 맞먹을 정도의 엄청나게 박력 넘치는 응원이었다.

투수인 내 입장에서야 힘이 넘치는 응원 소리였지만, 타자의 경우엔 정반대였다.

최대한 아닌 척 타격 자세를 잡고 서 있었지만 이미 얼굴은, 눈은, 바짝 마른 입술은 그가 얼마나 위축되어 있는지를 뚜렷하게 보여주고 있었다.

'최상의 상황이다.'

컨디션도, 나를 응원해 주는 관중들도, 위축되어 제대로된 실력을 발휘할 수 없는 상황에 처한 타자까지도 내가 신구종을 던질 수 있게끔 완벽한 무대를 만들어주고 있는 것만 같았다.

그립부터 제대로 잡았다.

어리석게도 신구종의 예행연습이 라이징 패스트볼이다 보니 나도 모르게 그립을 간과하고 있었던 거다.

일반적인 포심 패스트볼 그립에서 시계 방향으로 공을 살짝 돌려서 실밥을 검지와 중지의 마지막 마디에 딱 맞췄다. 이런 식으로 그립을 쥐고 슬라이더를 던지는 투수들이 상당히 많기도 하고, 간혹 어떤 선수들은 커브나 슬러브 등을 던지기도 한다.

'최대한 중지에 마지막 힘을 더해서 공의 회전력을 높여야 한다.'

호흡을 다듬고 릴리스 포인트에서 공을 놓는 그 순간까지도 머릿속에 이 생각을 담아뒀다.

쐐애애애애애액ㅡ!

움찔!

피이ㅡ 이엉!

"스트라이크!"

궤적이 변했다.

분명 일반적인 포심 패스트볼이라고 부르기엔 그 궤적이 너무나도 또렷하게 변했다.

무엇보다 우타석에 서 있던 타자가 마지막에 공의 궤적이 자신의 몸 쪽으로 휘어졌기에 배트를 휘두르려다 말고 움찔거렸다.

급히 전광판을 바라보니 158㎞라는 숫자가 방금 던진 공의 구속을 말해주고 있었다.

포구를 한 형수는 일어나서 나를 가만히 바라보다 공을 던져 줬다.

공의 궤적만 놓고 본다면 포심 패스트볼이 아니라 분명 컷 패스트볼의 궤적과 아주 흡사했기 때문이다.

그러나 구속이 늘었다.

내가 던질 수 있는 컷 패스트볼의 최고 구속은 97마일, 즉 156㎞다.

그런데 방금 던진 공의 구속은 158㎞가 찍혔으니 포수와 타자 모두 의아하게 여길 수밖에 없는 거다. 특히 타자의 경우 엄청난 속도의 공이 몸 쪽으로 꺾여 들어오면 본능적으로 놀랄 수밖에 없다.

'구속을 더 높이고 공의 궤적도 더 넓혀야만 해.'

다시 2구를 던졌다.

"히익!"

타자가 깜짝 놀라며 타석에서 벗어났지만, 공은 몸 쪽 스트라이크 존을 아주 살짝 벗어나기만 했을 뿐이다.

관중들이 보기에는 타자가 지레 겁을 집어먹고 놀랐다고밖에 보이지 않을 상황이었다.

159㎞.

구속이 다시 한 번 올랐다.

비록 제구는 살짝 벗어났지만 구속이 오르고 궤적이 더

늘어났다는 것에 위안을 삼았다.

무엇보다.

'느낌이 온다.'

아주 작은 차이가 미세하게 손끝에서 느껴지고 있었다.

이 느낌이 중요하다.

투수라면 반드시 이걸 잡아내서 자신의 것으로 만들어야만 한다.

그렇게 던진 3구는 생각보다 밋밋한 무브먼트를 보이며 타자가 휘두른 배트에 맞으며 파울 타구가 되고 말았다.

'잡힐 듯, 잡히지 않네.'

조금 전 분명 어떤 느낌을 잡았는데, 지금은 또 전혀 느껴지지가 않았다.

"후우우우."

조급해할 필요 없다.

이제 그 첫 단추를 끼웠을 뿐이다.

이제부터 조금 느리더라도 하나씩, 하나씩 채워나가면 될 뿐이다.

와인드업을 하고 다시 한 번 공을 던졌다.

'왔다.'

이전보다 훨씬 더 확실해진 미세한 감각이 전율처럼 손끝에서부터 온몸을 훑고 지나갔다.

그리고 내가 던진 공은.

쐐애애애애애액—!

휘익!

퍼— 어어어엉!

"스, 스트라이크! 타자 아웃!"

공을 던진 나조차도 두 눈이 번쩍 뜨일 정도의 예리한 각도를 그리며 홈플레이트 한가운데에서 타자 몸 쪽으로 순식간에 꺾여 들어가는 공의 궤적은 놀라울 정도였다.

컷 패스트볼보다 몇 배, 슬라이더보다 더 예리하게 꺾였다.

'구속은?'

다급하게 고개를 돌려보니 전광판에 찍힌 숫자가 나를 놀라게 만들었다.

161㎞

"됐… 다!"

처음으로 세상에 모습을 드러낸 신구종의 스피드는 모두를 경악시키기에 충분했다.

Chapter 11

"빌어먹을……."

대기 타석에서 자신의 타순을 기다리며 스윙을 하던 이시다 타카시는 지금 상황이 도저히 믿기지 않았다.

7회가 진행되고 있는 현재 일본은 한국을 상대로 3점 차이로 끌려가고 있었다.

무엇보다 이시다 타카시를 괴롭히는 건 한국 대표팀의 선발 투수 차지혁의 신들린 듯한 피칭이었다.

열아홉 타자 연속 삼진.

어떠한 악몽도 이것보다 더 심할 순 없었다.

"어떻게 저런 놈이 한국에서 나올 수 있는 거지!"

한국과 일본 최고의 스포츠가 야구인 건 같지만, 두 나라의 환경은 하늘과 땅 차이일 정도로 달랐다.

일본은 야구에 미친 나라라고 해도 과언이 아니다.

여론 조사 결과 일본 국민들이 가장 선호하며 좋아하는 스포츠 순위는 1위가 프로 야구, 2위가 프로 축구, 3위가 고교 야구일 정도다.

초중고 야구부, 시설 등부터 시작해서 전체적인 일본의 야구 인프라와 시스템은 한국과 비교를 한다는 것 자체가 우스운 정도다. 대략 70배 정도의 차이가 난다고 보면 된다. 그렇다 보니 이시다 타카시로서는 한국처럼 열악한 환경 속에서도 꾸준하게 세계적인 선수들을 배출해 내는 한국 야구계가 신기할 정도였다.

하지만 그건 어디까지나 극소수 몇 명의 선수들에 한해서다.

한국 프로 야구가 아무리 성장했다 하더라도 일본 프로 야구와는 수준 차이가 컸고, 평균적인 선수들의 실력 역시도 차이가 컸다. 그러다 보니 일본 대표팀으로서는 아무리 한국이 라이벌이니 어쩌니 해도 당연히 승리해야 할 상대로밖에 생각하지 않았다.

일본의 라이벌은 미국과 쿠바밖에 없다 여겼다.

오늘 경기도 마찬가지다.

일본으로서는 손쉽게 이겨야만 하는 경기였다.

이해할 수 없을 정도로 한국의 투수력이 뛰어난 건 사실이지만 고작 한두 명 정도의 투수에 한해서일 뿐이었기에 선발 투수만 마운드에서 끌어내리면 이후로는 쉽게 득점을 할 수 있을 거라 생각했다.

"그 짧은 시간 사이에 더 성장을 하다니… 빌어먹을!"

한 달 전, 미국에서 열린 IBAF 챔피언스 리그에서 만났을 때와 지금의 차지혁은 또 달랐다.

당시에도 차지혁은 무시무시한 투수였는데, 오늘은 그보다 더 성장해서 감히 상대할 임두도 나지 않았다.

"스윙! 타자 아웃!"

주심의 외침에 고막이 찢어질 것 같은 함성이 울려 퍼졌다.

동시에 매캐한 화약 냄새가 진동할 정도의 폭죽이 터지면서 전광판이 어지럽게 반짝거렸다.

"더 이상 수치를 당할 순 없다!"

20K.

한 경기에 스무 개의 탈삼진을 잡는 것조차 입이 쩍 벌어질 기록인데, 차지혁은 1회 초 1번 타자부터 연속으로 스무 개의 탈삼진을 잡고 있었다.

'네놈 뜻대로 절대 되지 않는다!'

이시다 타카시는 절대 21번째 연속 탈삼진의 제물이 되지 않겠다고 다짐했다.

'놈의 직구는 빠르고 무겁다! 섣부르게 안타를 치려고 하지 말고 가볍게 맞춘다는 생각으로 배트를 휘둘러야만 해!'

100마일. 이 엄청난 강속구를 자유자재로 컨트롤하는 차지혁은 도저히 같은 인간으로 보이지 않았지만, 지금까지 평생 야구만 해온 이시다 타카시는 반드시 칠 수 있다고 자신했다.

장타나 홈런을 바라는 게 아니다.

그라운드 안으로 보내기만 하면 된다.

이것조차 못 하고 있는 동료 타자들과 자신의 모습이 일본 본토에서는 얼마나 한심하게 보일지 생각하면 절로 이가 갈렸다.

이번에도 삼진을 당한다면 너무나도 수치스럽고 모욕적이어서 할복이라도 하고 싶을 것만 같았다.

자존심마저 버리고 배트를 짧게 쥐고 선 이시다 타카시는 죽일 듯한 시선으로 마운드 위에 서 있는 차지혁을 노려봤다.

'초구부터 과감하게 스윙을 해주겠다!'

정면 승부를 피하지 않는 차지혁의 투구 스타일은 이미

파악이 끝났다. 문제는 초구부터 스트라이크를 잡으러 들어온다는 걸 알면서도 강속구에 위압감을 받고 스윙을 정확하게 가져가지 못한다는 사실이다.

'칠 수 있다! 160㎞의 공이라 하더라도 얼마든지 칠 수 있다!'

한가운데로 들어오는 공이라는 전제 조건이 붙어야 하겠지만.

상할 정도로 이를 꽉 깨물고 이시다 타카시는 차지혁이 공을 던지길 기다렸다.

와인드업을 하고 킥킹 동작 이후 디딤발을 내딛기 직전, 반 박자 빠르게 스윙을 위한 중심 이동을 시작한 이시다 타카시였다.

차지혁의 공이 워낙 빠르기에 다른 투수들보다 타이밍을 빠르게 가져가야 했기 때문이다.

쒜애애애애애—!

공이 날아오는 걸 확인하고 이시다 타카시는 입가에 미소를 지었다.

'건방진 놈! 초구라고 한가운데로 던지다니!'

짧은 순간 그렇게 차지혁에게 비웃음을 주며 배트를 휘둘렀다.

'네놈의 얼굴이 구깃구깃 일그러지는 모습을 웃으면서

봐주마!'

이건 백퍼센트 안타라고 여기며 이시다 타카시는 자신의 승리를 믿어 의심치 않았다.

그렇게 배트와 공이 마주치려는 그 찰나의 순간, 공의 움직임이 몸 쪽으로 예리하게 꺾이면서 파고들어 왔다.

'마, 말도 안 돼!'

부— 우웅!

퍼어— 어어어엉!

허무하게 돌아가는 배트, 바로 뒤에서 들려오는 강렬한 가죽 파열음.

이시다 타카시는 믿을 수 없다는 듯 고개를 돌려 포수 미트를 바리봤다.

한가운데로 날아왔던 공이 순식간에 몸 쪽 깊은 곳으로 파고들어 있었다.

"슬라이더?"

이 정도의 변화를 보일 수 있는 구종은 슬라이더뿐이었다.

다른 점이라면.

"162……."

고속 슬라이더조차 명함을 내밀지 못하는 초고속 슬라이더. 아니, 과연 이걸 슬라이더라 불러야 하는 건지조차 의

문스러운 이시다 타카시였다.

"타카시! 녀석의 직구가 괴상할 정도의 무브먼트를 보여주고 있다. 눈에 보이는 대로 타격을 하지 마라!"

허무하게 헛스윙 삼진을 당하고 창피함을 피하기 위해 하는 헛소리라고 치부했다.

이전 이닝부터 패스트볼의 무브먼트가 이상하다는 건 알고 있었지만, 그래봐야 포심 패스트볼이라 여겼다.

만족스럽게 입가에 미소를 그리고 있는 차지혁을 바라보며 이시다 타카시는 온몸에 소름이 돋았다.

절망스러운 기분이 들었다.

이제는 수치고 모욕이고 머릿속에 들어오지도 않았다.

그저 오늘 경기가 빨리 끝나기만을 간절하게 원하는 이시다 타카시였다.

*　　　*　　　*

"스트～ 라이크! 타자 아아아아웃!"

주심의 외침에 김성우는 두 주먹을 불끈 쥐며 환호했다.

"으아아아아! 차지혁! 차지혁! 차지혁! 차지혁!"

목이 터져라 차지혁의 이름을 외쳤고, 동시에 또다시 폭죽이 화려하게 터졌다.

사직 구장 전체가 매캐한 폭죽 냄새로 뒤덮였다.

도대체 얼마나 많은 돈을 폭죽에 쏟아 붓는 걸까?

한 개그맨의 말처럼 한순간의 눈요기를 위해 허공에 돈을 찢어발긴다고 생각하니 저게 무슨 헛짓거리인가 싶기도 했지만, 지금 이 순간만큼은 절대 의미 없는 폭죽이 아니었다.

"오늘 진짜 내 생에 최고의 날이다! 성우야! 경기 전에 더워 죽겠는데 야구장은 왜 오냐고 타박했던 날 용서해라! 넌 내 평생의 은인이다! 사랑한다!"

친구인 희도가 자신을 끌어안으며 고래고래 소리를 내질렀다.

벌겋게 달아오른 얼굴은 결코 손에 들고 있는 맥주 때문이 아니었다.

다시는 절대 볼 수 없을 역사적인 현장에 서 있기 때문이었다.

다른 그 어떤 나라도 아닌 일본전!

한국인이라면 본능적으로 원수처럼 여기는 일본을 상대로 전설로나 남을 야구 경기를 자신의 두 눈으로 똑똑히 보고 있으니 이건 평생의 영광이요, 두고두고 남들에게 자랑

할 만한 일대 사건이었다.

"그러니까 넌 이 형만 믿고 따라다녀! 네깟 놈이 내가 아니었으면 이런 역사적인 경기를 어떻게 볼 수 있겠어?"

"맞아! 성우 네 말이 다 맞아! 오늘만큼은 네가 형이다! 성우 형!"

"크크크! 오늘 흥분돼서 잠이나 오려나 모르겠네!"

"잠은 무슨! 오늘 같은 역사적인 날에는 밤새 달려줘야지!"

"하긴! 이런 기분을 그깟 잠으로 날려 버릴 순 없지! 오늘 죽기 직전까지 마셔보자!"

성우와 희도가 그렇게 말을 하는 사이, 술이 거나하게 취한 50대 아저씨가 우렁차게 소리쳤다.

"차지혁! 일본 새끼들 싹 다 조져 버려! 이십육 케이다! 이십육 케이!"

아저씨의 외침에 주변 관중들이 하나둘 한목소리로 외치기 시작했다.

"이십육 케이! 이십육 케이! 이십육 케이!"

성우와 희도도 어깨동무를 하고는 목소리를 높였다.

"이십육 케이! 이십육 케이! 이십육 케이! 이십육 케이!"

부산 사직 구장을 들썩거리게 만드는 외침이 시작됐다.

그러는 사이 경기장 외곽에서는 다섯 명의 남자가 바쁘

게 움직이고 있었다.

"창우! 너 빨리빨리 안 움직여!"

"수창이! 한눈 팔지 말고 똑바로 해! 그러다 사고 나면 뒤진단 말이야!"

"이 대리! 거기가 아니잖아! 이 새끼야! 너 정신 안 차릴래? 이 새끼들이 왜 이래! 사고 나면 니들 죽고 나도 죽는 거야! 정신 똑바로 차려!"

터진 폭죽의 잔재들을 정리하고 새로운 폭죽으로 교체하는 남자들을 지휘하는 김 과장은 혹시라도 안전사고가 발생할까 싶어 잠시도 한눈을 팔 수가 없었다. 덕분에 남들은 역사적인 순간을 두 눈에 담고 있었지만, 김 과장을 비롯한 사원들은 땀만 뚝뚝 흘려대며 바쁘게 움직여야 했다.

—김 과장! 준비 끝났어?

이어폰에서 들려오는 장 실장의 목소리였다.

"거의 다 끝나갑니다!"

—벌써 투 스트라이크야! 뭐하는데 아직까지 교체를 안했어! 니들 다 짤리고 싶어?

'애비가 사장만 아니면 뭣도 아닌 새끼가!'

7살이나 어린 새파란 놈의 신경질적인 목소리에 김 과장의 얼굴이 저절로 일그러졌다.

마음만 같아서는 시원하게 욕이라도 한 바가지 퍼부어주

고 사표를 면상에다 던져 버리고 싶지만, 현실이 어디 그리 녹록하던가?

김 과장은 언제나 그렇듯 죄인처럼 굽신거릴 수밖에 없었다.

"죄, 죄송합니다! 금방 다 끝납니다!"

─다 끝나갑니다? 이 새끼야! 삼진이잖아! 당장 터뜨려! 빨리!

장 실장의 다급한 목소리에 김 과장의 마음도 덩달아 급해졌다.

다행스럽게도 이 대리가 교체가 끝났다는 말을 했다.

"과장님! 교체 완료했습니다!"

"터뜨려!"

"예?"

"당장 전부 터뜨리라고!"

김 과장의 말에 이 대리가 재빨리 스위치를 눌렀다.

이윽고 고막을 먹먹하게 만드는 굉음과 함께 폭죽들이 일시에 터지며 하늘로 솟구쳤다.

퍼엉! 펑펑펑! 펑펑펑! 퍼어엉!

남들은 코를 막을 정도로 화약 냄새가 심했지만, 매일같이 화약 냄새를 달고 살아야 하는 이 대리와 사원들은 눈조차 찡그리지 않고 혹시라도 오발탄이 있나 싶어 눈에 불을 켜고 폭죽들을 바라봤다.

다행스럽게도 모든 폭죽이 안전하게 터졌다.

"뭣들 해! 다시 새것으로 다 교체해!"

김 과장의 말에 이 대리와 사원들은 다시 허겁지겁 움직여야만 했다.

―야! 김 과장! 이제 마지막이니까 재고 모조리 터뜨려버려!

―알겠습니다!

김 과장은 이 대리에게 가지고 온 폭죽을 모두 설치하라는 지시를 내려놓고 고개를 절레절레 저었다.

"이제 아웃 카운트 하나면… 미친!"

어느 누구도 생생하지 못했던 일.

야구 게임에서도 나오지 못할 일이 현실에서 벌어진다 생각하니 김 과장은 어처구니가 없었다.

덕분에 이런 개고생을 하고 있지만 그래도 기분은 좋았다.

다른 어느 나라도 아닌 일본을 상대로 퍼펙트게임, 아니 그것보다 더 위대한 역사에 다시 나오지 못할 경기가 이제 단 한 명의 타자밖에 남지 않았기 때문이다.

"젠장! 이런 경기를 볼 수 없다니… 염병!"

이런 명장면을 눈앞에 두고도 볼 수 없는 자신의 처지가 너무나도 처량하다 생각하는 김 과장이었다.

*　　　*　　　*

　마지막 타자.

　타석에 들어선 이시모토 쇼케이의 얼굴이 보였다.

　그라운드가 진동할 정도로 관중들의 광적인 외침에 이시모토 쇼케이의 얼굴은 흡사 죽은 사람처럼 하얗게 질려 있었다.

　ー이십칠 케이! 이십칠 케이! 이십칠 케이! 이십칠 케이!

　설마 여기까지 오게 될 줄이야.

　단 한 번도 생각해 본 적이 없었던 일이다.

　한 경기에서 모든 타자를 삼진으로 잡는 걸 어느 투수가 생각해 봤겠는가?

　퍼펙트게임은 투수라면 한 번쯤 꿈꿔보고 생각할 만했지만, 퍼펙트 삼진 게임은 프로 투수라면 누구도 생각해 보지 못했을 일일 것이다.

　가능성 자체가 없으니까.

　그런데 그런 불가능한 일을 지금 내가 눈앞에 두고 있었다.

　솔직히 말해서 나도 얼떨떨했고, 현실이 믿기지 않았다.

타석에 들어 서 있는 이시모토 쇼케이라고 다를까?

문제는 가볍게 흥분한 나와 다르게 이시모토 쇼케이는 완전히 얼어붙어 있다는 사실이다.

퍼펙트 삼진 게임을 깨트리겠다는 의지나 의욕은 눈곱만큼도 보이지 않았다.

나도 모르게 손에 땀이 차서 로진백을 잔뜩 묻히고는 피처 플레이트에 발을 올렸다.

형수가 사인을 보내왔다.

검지, 검지와 새끼손가락, 주먹, 엄지와 검지, 새끼손가락 두 번.

타자 몸 쪽으로 붙여서 신구종을 던지라는 의미다.

완벽하게 감을 잡았다.

더불어 최상의 컨디션 때문인지 제구도 80퍼센트 가까이 이뤄지고 있었다.

행운이었다.

흔한 말로 뭘 해도 되는 날.

바로 오늘은 내겐 그런 날이었다.

와인드업을 하고 곧바로 신구종을 던졌다.

쐐애애애애애액!

휘이익!

"힉!"

몸 쪽으로 예리하게 꺾이면서 파고들어 오는 무지막지한 강속구에 이시모토 쇼케이는 기겁을 하며 뒤로 물러났다.

퍼— 어어어엉!

"스트라이크!"

주심의 외침에 이시모토 쇼케이가 두 눈을 동그랗게 뜨며 소리쳤다.

"뭐라고!"

분명 자신을 맞출 것 같았던 빈볼이었다.

그러나 이시모토 쇼케이는 포수의 미트가 정확하게 몸 쪽 스트라이크 존 안에서 멈춰 있는 걸 확인하고는 얼이 빠진 얼굴이 될 수밖에 없었다.

"이, 이럴 리가 없어! 바, 방금 공은 부, 분명⋯⋯."

"칠 수 없는 공을 던지고 있어⋯⋯."

팀의 주장이자 든든한 기둥 역할을 하고 있는 오자와 마코토 선배의 말이 이제야 이해가 갔다.

처음이었다.

언제나 자신 만만하고 팀의 리더로서 항상 파이팅 넘치는 모습만 보여주었던 오자와 마코토 선배가 힘없이 축 처진 모습을 보인 것은.

그리고 다른 선배들의 모습도 마찬가지였다.

불가항력.

한국 관중들의 거센 응원이 문제가 아니었다.

심장을 오그라들게 만드는 한국 관중들의 드센 응원 소리도 분명 어느 정도 영향을 미치는 건 사실이지만, 실제로 동료 타자들을 완벽하게 짓눌렀던 건 다른 누구도 아닌 마운드에 서 있는 차지혁이었다.

'이, 이건 너무 불공평하잖아!'

신이 있다면 신에게 욕이라도 해주고 싶은 이시모토 쇼케이였다.

그러는 사이 주심이 타석에 서라는 경고를 줬고, 이시모토 쇼케이는 떨어지지 않는 발걸음을 억지로 움직여 타격 자세를 잡았다.

이번에는 피하지 않으리라.

다짐했다.

꼼짝도 하지 않고 날아오는 공을 끝까지 보겠다고 스스로에게 용기를 심어줬다.

'온다!'

한가운데를 향해 날아오는 강속구는 엄청난 속도로 순식간에 홈 플레이트까지 날아왔다.

무지막지하게 빠르고, 구위가 좋은 포심 패스트볼.

이전 타석에서 보여줬던 좌우 컨트롤은 전혀 하지 않고 한가운데를 향해 던지고 있었기에 순간적으로 이시모토 쇼케이는 칠 수 있다는 자신감이 들었다.

'칠 수 있… 히이이익!'

공이 변했다.

홈 플레이트 바로 앞에서 갑작스럽게 꺾이면서 몸 쪽으로 달려드는 공은 공포 그 자체였다.

칠 수 있다는 생각에 배트를 휘두르던 이시모토 쇼케이는 본능적으로 움찔거리며 상체가 빠지는 스윙을 했고, 공은 포수 미트를 뚫고 나갈 것처럼 거친 파열음을 터뜨렸다.

퍼어— 어어엉!

"스윙!"

주심의 외침은 들리지도 않았다.

이시모토 쇼케이는 다시 한 번 얼이 빠진 얼굴로 포수 미트를 바라보며 중얼거렸다.

"마, 마구?"

단 한 번도 본 적 없는 구질의 공이다.

아니, 공의 궤적은 슬라이더가 분명했다.

문제는 162km의 구속이다.

슬라이더를 162km로 던지는 투수는 존재하지 않는다.

그런 투수는 존재할 수가 없다.

'저, 저놈은 도대체 뭐야!'

마운드 위에 서 있는 차지혁을 바라보는 이시모토 쇼케이의 얼굴엔 이전 타자들이 그랬던 것처럼 두려움과 경악, 공포가 가득 담겨 있었다.

마지막 1구.

그리고 어정쩡하게 서서 헛스윙을 하곤 고개를 떨구는 이시모토 쇼케이.

포수 마스크와 미트를 내던지며 마운드로 달려오는 형수.

마찬가지로 글러브를 집어 던지면서 마운드로 달려오는 내, 외야수들.

그리고 어린아이처럼 껑충껑충 뛰며 더그아웃으로 뛰쳐나오는 백유홍 감독과 코치, 백업 선수들까지.

"…끝났다."

경기가 끝났다는 확신이 들자 가슴 깊은 곳에서부터 떨림이 느껴지더니 이윽고 온몸으로 휘몰아쳤다.

"지혁아!"

내 이름을 부르며 달려드는 형수의 두 눈에는 눈물이 그렁그렁하게 매달려 있었다.

와락!

나를 격하게 안으며 형수가 잘게 떨리는 음성으로 수고 했다고, 정말 고생했다는 말을 해주었다.

"네 덕분이다. 네가 아니었다면 지금과 같은 결과는 절대 없었을 거야. 고맙다, 형수야."

내 말에 형수가 참지 못하고 울음을 터뜨렸고, 나 역시 처음으로 마운드 위에서 눈물을 쏟아내고야 말았다.

*   *   *

찰칵! 찰칵! 찰칵! 찰칵! 찰칵! 찰칵!

눈을 뜰 수 없을 정도로 터지는 카메라 플래시 세례를 담 담하게 받으며 인터뷰를 시작했다.

─차지혁 선수! 소감이 어떻습니까? 세계 야구 역사 최초 로 퍼펙트 삼진 게임을 만들어냈는데 그 기분이 어떤지 한 말씀 부탁드리겠습니다!

"꿈을 꾸고 있는 것 같습니다. 솔직히 제 스스로도 이런 엄청난 결과를 만들어 내리라고는 단 한 번도 생각을 해보 지 않았기 때문에 아직도 얼떨떨하기만 합니다. 혹시라도 이게 꿈이라고 말해주실 수 있는 분 계십니까?"

내 말에 인터뷰실에 모인 백 명이 넘는 기자가 일제히 웃음을 터뜨렸다.

─오늘 일본전은 한국 대표팀에게 있어서 무척이나 중요했던 경기였습니다. 때문에 반드시 이겨야만 한다는 부담감과 중압감이 굉장히 컸을 텐데, 어떠셨습니까?

"모두들 아시겠지만, 오늘 경기 선발 투수는 본래 양동호 선배님이셨습니다. 갑작스럽게 새벽에 배탈이 나는 바람에 제가 대신해서 마운드에 올라가게 되었지만 부담감은 그리 크지 않았습니다. 일본 대표팀을 상대로 이길 수 있다 자만을 했다는 말이 아니라 제가 본래 어떤 경기에서든 부담감을 갖지 않으려고 의식을 하기 때문입니다."

기자들의 질문은 계속되었다.

간혹 일본 대표팀에게 민감할 수 있는 질문이 나오기도 했지만, 그런 부분에 있어서는 최대한 대답을 회피하면서 괜한 분란을 일으키지 않으려고 노력했다.

그리고 모두가 기다렸던 질문이 시작됐다.

─오늘 경기에서 차지혁 선수는 특이한 구종의 공을 던졌습니다. 슬라이더와 굉장히 유사하다는 말이 있습니다만, 맞습니까?

"기본적으로 슬라이더의 궤적을 따라가는 건 맞습니다. 굳이 분류를 하자면 슬라이더인 것도 맞습니다."

슬라이더라는 사실에 기자들의 손놀림이 무척이나 바빠

졌다.

─슬라이더라고 하셨는데 슬라이더라고 하기엔 평균 구속이 무려 159㎞가 나왔습니다. 흔하게 알고 있는 고속 슬라이더와도 엄청난 구속 차이를 가지고 있는데 이걸 정말 슬라이더라고 불러야 하는 게 맞습니까?

"현재로서는 저만 던질 수 있는 전혀 새로운 형태의 슬라이더라고 보시면 될 것 같습니다."

─결과적으로 새로운 구종을 직접 개발했다는 뜻입니까?

새로운 구종의 개발.

이 질문이 나오고 순식간에 고요가 찾아왔다.

질문이 갖고 있는 의미가 무엇인지 너무나도 잘 알고 있었으니까.

나는 잠시 뜸을 들인 후에 고개를 끄덕였다.

"그렇다고 할 수 있을 것 같습니다."

─그렇다면 차지혁 선수가 이번 일본전을 통해 선보인 구종의 이름도 정하셨습니까?

기자의 질문에 다시 한 번 모두가 숨을 죽였다.

백 명이 넘는 사람들이 나 하나만을 뚫어져라 쳐다보고 있었다.

"정했습니다."

─신구종의 정확한 명칭이 무엇입니까?

나는 아주 또박또박 천천히 대답을 해주었다.

"제로백 슬라이더. 이게 제가 던지는 신구종의 이름입니다."

『100마일』11권에 계속…

초대형 24시 만화방

신간 100%, 샤워실, 흡연실, 수면실(침대석), 커플석, 세탁기 완비

▪ 일산 정발산역점 ▪

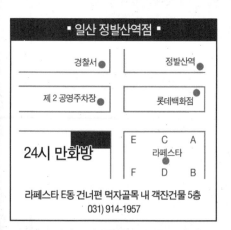

라페스타 E동 건너편 먹자골목 내 객잔건물 5층
031) 914-1957

▪ 강북 노원역점 ▪

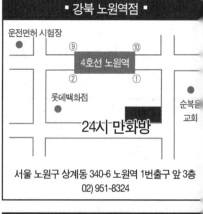

서울 노원구 상계동 340-6 노원역 1번출구 앞 3층
02) 951-8324

▪ 부천 역곡역점 ▪

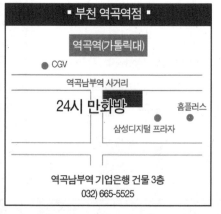

역곡남부역 기업은행 건물 3층
032) 665-5525

▪ 부평역점 ▪

구, 진선미 예식장 뒤 보스나이트 건물 10층
032) 522-2871

월야환담

• 채월야 •

홍정훈 장편 소설

"미친 달의 세계에 온 것을 환영한다!"

서울을 중심으로 펼쳐지는 뱀파이어, 그리고 뱀파이어 사냥꾼들의 이야기!
한국형 판타지의 신화, 월야환담 시리즈 애장판
그 첫 번째 채월야!

Book Publishing CHUNGEORAM

유행이 아닌 자유추구 -
WWW. chungeoram.com

PERFECT
GAME
퍼펙트
게임

박선우 장편 소설
FUSION FANTASTIC STORY

고통과 좌절의 시간들을 뛰어넘어
불사조처럼 일어나 세계를 제패한 사나이의 일대기.

대한민국을 넘어 메이저리그를 평정하며
명예의 전당에 헌정된 언터처블 투수, 이강찬.

강철 같은 어깨에서 뿜어져 나오는 그의 패스트볼은
무적이었으며 야구계에 길이 남을 **신화**였다.

야구만을 사랑했던 고독한 사나이.
그의 **퍼펙트게임**이 이제 시작된다!

Book Publishing CHUNGEORAM

유행이 아닌 자유추구 -
WWW. chungeoram.com

가프 장편 소설

관상왕의
1번룸

FUSION FANTASTIC STORY

거대한 도시의 그늘에서 벌어지는
짜릿하고 통쾌한 이야기!

『관상왕의 1번룸』

텐프로의 진상 처리 담당, 홍 부장.
절망적인 삶의 끝에서 만난 남국의 바다는
그를 새로운 인생으로 인도하는데…….

쾌락을 원하는 거부, 성공에 목마른 사업가,
그리고 실패로 절망한 사람들이여.

여기, 관상왕의 1번룸으로 오라!

Book Publishing CHUNGEORAM

유행이 아닌 자유추구 -
WWW.chungeoram.com